沧海波澄

我的诗词与人生

叶嘉莹 著

中华书局

图书在版编目（CIP）数据

沧海波澄：我的诗词与人生/（加）叶嘉莹著. —北京：中华书局，2024. 10. —ISBN 978-7-101-16782-5

Ⅰ.Ⅰ207.22

中国国家版本馆 CIP 数据核字第 2024ZE2140 号

书　　名	沧海波澄——我的诗词与人生
著　　者	［加］叶嘉莹
责任编辑	马　燕
装帧设计	刘　丽
责任印制	陈丽娜
出版发行	中华书局
	（北京市丰台区太平桥西里 38 号　100073）
	http://www.zhbc.com.cn
	E-mail:zhbc@zhbc.com.cn
印　　刷	北京盛通印刷股份有限公司
版　　次	2024 年 10 月第 1 版
	2024 年 10 月第 1 次印刷
规　　格	开本/850×1168 毫米　1/32
	印张 9½　插页 2　字数 120 千字
印　　数	1-6000 册
国际书号	ISBN 978-7-101-16782-5
定　　价	68.00 元

叶嘉莹先生在迦陵学舍

目　录

镜中人影（代序）

　　我是1924年生人，是在北京一个大的四合院里关起门来长大的。我的祖父比较保守，他说："女孩子就是不能让她到外面的学校去读书，一到外面读书，女孩子就都学坏了。"可是女孩子也要读书，读什么呢？读《女诫》，学三从四德，因此对女子的教育是"新知识、旧道德"。我的祖父绝对没有想到我会到欧洲、美洲，在中国各地到处乱跑。家里人也都没有预想到，我会过这样一种生活。但不管过怎么样的生活，我所保留的还是新知识与旧道德。

　　我已经是九十多岁的人了，讲我自己的诗词，我说那是"镜中人影"。为什么叫"镜中人影"？我觉得这个题目是我教书七十多年来最难讲的一个题目，之前我从来没有讲过。我教书虽久，但我向来所讲授的是古人的诗词。古人死无对证，就由着我"信口雌黄"，我可以随便发挥。现在有朋友提出来："你现在九十多岁，我们只听到你讲古人的诗词，你什么时候也讲一讲自己的诗词吧。"其实自己的诗词是佛曰"不可说"，为什么不可说？现在西方有很多现代的理论，例如，诠释学、接受美学、符号学等。当我讲古人的诗词，我就通过语言符号给它种种的诠释。在诠释中，就有我作为读者的接受，我有很多诠释的自由。现在讲自己的诗有几点难处：

第一，我实在觉得我自己的诗没有什么好，自己觉得不好的诗，还要给人家讲，这是第一个困难。古人的诗，我可以选择李白、杜甫、苏轼、辛弃疾的诗歌，我觉得哪个好就讲哪个。现在讲我自己，我就觉得小时候写的诗非常幼稚，这有什么好讲的。

第二，我自己诗中的original meaning（最原始的意义），诗说的是什么，作者是最权威的。作者一说出来，那所有诠释的、接受的可能（possibilities）都不存在了。怎么能说这是我的original meaning，我不能这样说，这是一个很笨的方法。

第三，我讲自己的诗，我是说它好，还是说它坏？我从来没有讲过自己的诗词，但是我已经九十多岁了，也应该做一个回顾了。一定要让我讲的话，我就把距离推远一点，这不见得真的是我，一方面，"镜中人影"就是镜子里面的一个影子，好像是我，又好像不是我；另一方面，时间早已超过半个世纪，真是有历史的距离。我现在就作为第三者，作为七八十年后的一个读者，来看我十几岁时所写的幼稚诗篇。其实我现在想一想，在现实之中确实有诠释的距离，因此是镜中的人影。

一个朋友来做一个访谈，我忽然间觉悟：诗是"有诸中，形于外"，"情动于中而形于言"。因此，诗常常是不知不觉的，是你自己的本质、潜意识的一种流露。我小时候，老家的四合院能看到的景物就是：窗前的秋竹、大的荷花缸、菊花，然后看到花开的时候有很多蝴蝶、萤火虫在翩跹起舞。当时我没有任何的理想，也从来没有想过我要做一个诗人。一个小女孩一天到晚地背诗。诗歌不止要背，还要吟诵。吟诵久了，你不用学平仄、押韵，自然就学会合辙押韵了。作诗不是很难，就像唱歌一样吟唱，吟唱的时候，那个声调跑到你的头脑、心灵里，你随着声调就写出来了，诗的感情是伴随着声调出来的。卢沟桥事变以后，我遭遇的第一个打击是我母亲的去世。在国仇家难中，我的诗歌脱离了少女的情怀，而有了比较深的层次。

抗战时期，北平沦陷后，老师教我们的诗词，其实里面都有很多爱国的思想。我的老师顾随先生写了一首小词，其中有一句"小红楼外万重山"，表面上说是红楼外有万重山，那个"万重山"代表的是什么？就是杜甫说的"国破山河在"。因此我的老师后来说"黄河尚有澄清日"，黄河就是千年一清，它也会有一个澄清的日子，"不信相逢尔许难"，我相信我们一定会胜利的。我从小是在苦难之中长大，我关怀国家人民的苦难，这种感情是我从小养成的。抗战进入第七年，我写过一首诗：

> 莫漫挥戈忆鲁阳，孤城落日总堪伤。
> 高丘望断悲无女，沧海波澄好种桑。
> 人去三春花似锦，堂空十载燕巢梁。
> 经秋不动思归念，直把他乡作故乡。

我在诗中说：屈原要为这个世界找一个理想的归宿，一个理想的救赎之策，他找到了吗？虽然他没找到，但何妨从现在做起，等到沧海变成桑田，要等到哪一年呢？现在就试一试在沧海之中种下桑田吧！我就是要在沧海之中种出桑田来……

今年是2017年，我虚岁已经九十四岁了。在接近一个世纪的生活中，我觉得不管是祖国大陆、台湾，还是海外，我都亲身经历了很多事情。我不像写《城南旧事》的林海音以及写《洗澡》和《干校六记》的杨绛先生记忆力那么强。她们能够把许多故事、人物的细节都记得很清楚。我一生漂泊，现在回首从前，真是往事如烟、前尘若梦。很多详细的情况我都已经追忆不起来了。不过幸而我有一个作诗的习惯，我内心有什么感动，常常用诗词记写下来，我的诗词都是我当时非常真纯的感情。

叶嘉莹
2017年

第一篇

二十年间惆怅事

一

　　我生长在一个非常旧式的古老的家庭，我的祖父是一个很传统很保守的人。幸亏我父亲思想比较开明。在晚清时代，中国积贫积弱，朝廷腐败，当时想要救国的青年人都出去留学，学新的东西，我伯父去了日本，我父亲就进了北京大学的英文系。我父亲认为，女孩子虽然不要到外面去读书，但是在家里边总要读一点书，从我很小的时候父亲就教我识字，而且要分辨四声的平仄，于是我们家里给我制定了标准——新知识，旧道德。你可以学现代的新知识，可是你遵守的礼法，你的行为、生活，要符合旧道德的标准。我是关在家门里长大的。

　　你想，一个关在家门里边的女孩子，有什么远大的抱负？有什么高远的目光？有什么深刻的感受和思想？什么都没有。但是我这个人的天性是喜欢文学的，我就在日常环境之中，看到什么，有了感动，我就写一首诗。大家听起来这写诗岂不是太容易了？写诗确实不困难。为什么呢？假如你们要像我这样学习也绝对不困难。我后来读到唐朝和尚寒山的诗，其中一句是："君问寒山路，寒山路不通。"学道的这个和尚住在寒山，他自己就叫作寒山，他说，你们问我怎么走到寒山的路。这"寒山路不通"，夏天是烟雾，冬天是冰雪，你们走不到，但是他最后说"君心若似我"，如果你的心跟我的心一样，"还得到其中"，你就走到里边去了。因此，我说学诗并不困难，你们要像我一样生长在我的环境，你就知道学诗是不困难的。

我从很小的时候家里就教我背唐诗，"床前明月光，疑是地上霜"，"春眠不觉晓，处处闻啼鸟"……现在有很多家长还有这个习惯，有亲戚朋友来了，就叫小孩子背首诗给叔叔阿姨听，这小孩就背。我小的时候也是如此，有亲戚朋友来了，家里人就说背一首诗，我背什么呢？我就背了李白的《长干行》。"长干"两个字就是说在长江边上。"行"，即一种"歌行"，是古代的一种诗歌体裁。我说《长干行》，你们还觉得遥远，但是里边有几句诗，我想大家都很熟悉："妾发初覆额，折花门前剧。郎骑竹马来，绕床弄青梅。"我那时候虽然背"郎骑竹马来，绕床弄青梅"，但是我没有青梅竹马的男朋友。因为我们家是独门独院，很少与邻居往来，何况我们家只有我一个女孩子，其他都

三岁时与小舅李棪及大弟叶嘉谋合影

是男孩子。我一个人没有玩伴，就在家里边背诗。小时候不管懂不懂得你就尽管背，不过有一点，我们家里教我一定要把诗歌的音节、声律掌握好了，而且我们家里还有一个习惯，说你不能光秃秃地就只是这么背，中国古代有吟诵，叫"吟诗"，就要"吟"。我可以吟两句《长干行》："妾发初覆额，折花门前剧。郎骑竹马来，绕床弄青梅。"吟诗就跟唱歌似的，你们要像我这样学，肯定会作诗。你不但要背诵，还要吟唱，我就这样背诵、吟唱了很多诗。

刚才说了，那个时候，年轻人一般都会想要怎么样救国。当时中国最落后的就是航空事业。中国那时没有航空事业。我父亲毕业以后就到航空署去工作，航空署后来就发展成了航空公司，而他办公的地点是在上海。我的老家是在北平（今北京），一个古老的城市里边。我父亲不在家，但是我们家里没有分家，我们跟我伯父住在一起，我伯父是一个非常喜欢旧诗词的老先生。我父亲规定，我每个礼拜要替我母亲写一封家信给他，而且一定要用文言写。我当时差不多是十岁上下，你想一个十岁的小孩子就被逼得一定要拿文言写信，那写得似通不通、半懂不懂的，我就去找我的伯父给我评改。

我要告诉大家，学诗歌不难，学古文也不难，诗歌就是不同于日常语言的另外一种语言，古文也是不同于我们现代语言的另外一种语言。你要学习另外一种语言，不是只学文法（grammar）理论。你要把英文说得好，你就要说。你一定要学 speaking English，而且英文你要学习日常的 daily language。你学 speaking language，你就是听、说；但你要学习写英文的文章，你就要背，而且要找那些英文的名著来背。学习中国的古文和古诗，也是同样的情况，就要背唐宋八大家的古文，家里人训练我们要学韩退之、欧阳修的文章，就要拼命背他们的文章。

我学了古诗、古文，十几岁时，我伯父说，你自己得作诗，不能净背古人的诗词，所以我就自己作。我关在家门里边，生活这么狭窄，没有远大的理想抱负，也没有什么事件特别使我感动、刺激我的，在这么平淡日常的生活中，我作什么诗呢？幸亏我们家的院子不小。我们家是所谓的八旗子弟，但不是满洲人，是蒙古人。我姓叶，清朝初年有一个很有名的词学家叫纳兰性德，纳兰的祖姓是叶赫纳兰，我与纳兰性德是同一个氏族的。到了民国时代，孙中山先生领导革命的口号是"驱除鞑虏，恢复中华"，说满族是鞑虏、外族入主中原，因此要"驱除鞑虏，恢复中华"，于是满族人就纷纷改姓，就是把自己祖先的——满族的、蒙古族的姓改了。我们就取了叶赫纳兰中的第一个字，所以我就姓了叶。我的祖先既然是八旗的人，是随着满族统治者一同入关的，我的曾祖父、我的祖父都是在清朝做官的人，我们家有一个很大的四合院。我出生在北京西城察院胡同23号的一个大四合院，这个院落为先曾祖联魁公于咸丰年间所购建。先祖中兴公为光绪十八年壬辰科翻译进士，见于宣统四年刊印的职官录。已故学者邓云乡先生写有《女词人及其故居》一文，对此院落有详细描述。我们家有前院，有中院，有后院，有跨院，我们家有一个很大的两扇红油漆的大门，大门上方原来挂着匾额，上面写着"进士第"三个大字。门的两侧各有一个石狮子。"文革"的时候，石狮子的头被砸烂了；"文革"以后，匾额也不见了。大门旁边还有一个车门，车门里边有个车房，车房后面还有个马棚，车门外边还有个上马石，四合院的前面有一个大门，我是在这样的家庭、院子里长大的。

我虽然大门不出二门不迈，但是我们家院子不小，院子里面有一些花花草草。记得那个时候我祖父在世，家里当时是方砖铺地，我祖父不许在院子里边种花草，种花得在花盆里种，地不能挖，砖不许破。我四岁时我祖父就去世了，我伯母喜欢花草，就在北屋的门前开了个花池，我母亲也喜欢花草，就在西屋的前边也开了一个花池。有花池了，蝴蝶、蜜蜂都飞到我们家的院子来。1939年，十五岁的我就写了一首《秋蝶》：

老家大门口

几度惊飞欲起难，晚风翻怯舞衣单。

三秋一觉庄生梦，满地新霜月乍寒。

背诵这首诗时，当年的情景如在眼前。我记得那是一个寒冷的秋天，黄昏时，我就看到西面花池前面的地上落下一只蝴蝶，长着白色的翅膀。我就蹲下来看它，一般而言，蝴蝶看到有人来就会飞起来，但那只白蝴蝶已经飞不起来了。我当时感悟到生命是如此短暂、脆弱，就写了上面那首诗。

你看我写的诗的题目是"秋蝶""对窗前秋竹有感"，有什么了不起的感动？像写《闻官军收河南河北》的是杜甫，我写的是窗前的秋竹。我的窗子前面就有竹子，这几棵竹子是我把它种在那里的。古人的诗词总是赞美松竹梅岁寒三友，苏轼曾说，"宁可食无肉，不可居无竹"。中国的国画有时候也画松竹梅。我们家院子里本来没有竹子，我中学的时候就去上学了，我中学的同学家里有竹子，北京很少看到竹子，所以我一看到竹子很高兴，就从她家挖了两棵竹笋种在我们家院子里边。这竹子其实长得很快，一下子东边出一枝，西边出一枝，于是在我的窗前就有了一丛竹子。除了竹子，我母亲喜欢花草，也种了很多其他的花花草草。等到秋天，我母亲种的那些花花草草都枯干、

姨母与母亲

零落了，只有我种的这几棵竹子还在那里，长得很茂盛，还是绿色的，既没有变黄，也没有凋零，所以我就写了一首《对窗前秋竹有感》，诗如下：

> 记得年时花满庭，枝梢时见度流萤。
>
> 而今花落萤飞尽，忍向西风独自青。

我念诗就跟我说话不太一样。我常常到处讲课，有人问我："叶先生，我们常常听你讲课，您一讲话就知道是北京人，讲很标准的国语，您怎么一读诗词音调就都不同了呢？"因为诗词里边有平仄，你要学会作诗词，光背诵还不够，你要吟诵，你一定要掌握声调（tonal pattern）跟韵律（rhythm）。我吟诵"记得年时花满庭"，它就有一种声音上的美感。"记得年时花满庭"，在古典的语言中，"年时"，就是今年早些时候，我"记得年时（是）花满庭"，各种花花草草满院子都是。"枝梢时见度流萤"，在那花草的树梢上，有很多萤火虫，我们经常用囊萤映雪来形容古人读书刻苦。古人用萤火虫照着来读书，小孩子都好奇，我小时候会抓几只萤火虫来，没有口袋装它，找一个小玻璃瓶把萤火虫都装进去，把灯关掉，就看它能不能照见书上的字。"而今花落萤飞尽，忍向西风独自青"，秋天花都零落了，萤火虫当然也没有了，只有竹子还是青青不改。我在诗中说：你怎么忍心看到你周围的伴侣都凋零了、消逝了，你一个人还在这里青青的呢？这只是小女孩很无聊的感觉吧。

我一年当然不止写一首诗，我这是选来的。1940年，我十六岁的时候又写了《咏莲》。为什么我对荷花特别有感情呢？我是阴历六月出生的，这个月份在中国过去叫荷月，因此我父母给我取的小名就叫小荷。北京的莲花（也就是荷花）很多，什刹海、北海等一到夏天到处都是很茂密的荷花。我们家院子里没有荷塘，但是中国古人凡是有大院子的人家，没有荷花塘怎么办呢？就弄个荷花缸。用好大的一个缸来养荷花，所以当时北京有一个俗话：大宅门（有个电视剧就叫《大宅门》）里边有什么特色？——"天棚鱼缸石榴树"，鱼缸就是那个荷花缸，里边还养一些金鱼之类的。

不论荷花塘还是荷花缸，荷花一定底下有很多污泥，用干净的泥说不定还种不出来，荷花就从里边伸个梗子、枝叶，然后含苞、开花了。宋朝有一个学者周敦颐写了一篇《爱莲说》，说荷花是"出淤泥而不染"，它从污泥长出来，但是开出非常皎洁晶莹的花，所以我就说"植本出蓬瀛，淤泥不染清"。而且荷花从污泥里边出来，可是它不沾染污泥，因此就变成了佛教的象征图像。你看所有的庙里边，佛都坐在莲花的宝座之上。我有一次到花莲的慈济功德会去参观，他们所有的玻璃上刻的都是荷叶、荷花。因此，荷花就在现实以外，有了一种神仙境界的高洁象征，我说"植本出蓬瀛"，即种植的这种花是从那神仙的世界来的，所以它能够"出淤泥而不染"，如此之清白，这是佛教上的说法。

我们家里是没有宗教的，只信一个教——孔教。我小时候除了背诗以外，到六七岁开蒙时，我第一本的课本读的是《论语》。子曰："学而时习之，不亦说乎。"读书开蒙的时候，我父亲不在家，在上海，我伯父就用木头做了一个牌位，上面贴一张黄纸，用朱砂笔写了：大成至圣先师孔子之位。我们就要对着这个牌位行叩首之礼，然后就是背《论语》。不讲啊？讲？小孩子懂什么啊？《论语》中给我最大冲击的一句，你知道是什么吗？我们家里面请的老师就教你背，有一天我就背到这么一句："朝闻道，夕死可矣。"说你如果早晨懂得了一个大道，晚上死了都没关系，你都不白活了！这给我很大的冲击，我那时觉得，这"道"是什么东西啊？怎么这么重要？孔子又说，"士志于道"，"士"就是读书人，说"士"所要学习的就是道。

我在台湾生的我的女儿，她进了小学，回来也背书，她背"来来来，来上学；去去去，去游戏；见了同学问声好，见了老师问声早"。她背下来，对她以后的一生有什么用处？其实启发性不大。我是亲身体验了旧日教学法，那时候虽然不懂"朝闻道，夕死可矣"，但背下来以后对我真的有帮助。而且我就是不懂的时候，它都给了我一个很大的冲击：人生为什么要追求一个"道"？那个"道"是什么？孔子说："三十而立，四十而不惑，五十而知天命，六十而耳顺，七十而从心所欲不逾矩。"我常常遗憾，孔子怎么没有说八十九十怎么样了呢？孔子的话虽然当时你不明白，可是慢慢长大以后，背熟的话留在脑子里，碰到一件事，忽然间就给你触发，你会想孔子说的果然是对的。

小孩子太早读到古人的书有好处也有坏处，等于说还很小就先"老"了。忽然间我就说："如来原是幻，何以度苍生。"我十几岁的小孩子度什么苍生。我小时候喜欢读诗。我伯父有一间房子，书架上都是书。他曾买来一套珍贵的藏书，因为我喜欢诗词，我伯父就把一套元大德本的《稼轩长短句》交给了我。本来我伯母说，我来教你《唐诗三百首》。《唐诗三百首》的开端是张九龄的《感遇》。我觉得那诗读起来不好听，因此就没有跟着我伯母按《唐诗三百首》的次序去读。我就自己乱翻书，突然翻到了李商隐的《送臻师二首》，这诗是李商隐送给一个僧人的。李商隐在《送臻师二首·其二》中说："苦海迷途去未因，东方过此几微尘。何当百亿莲花上，一一莲花见佛身。""佛"字是入声，诵读的时候要读成仄声"fò"。人们都在苦海之中迷失了自己。

我们现在的生活环境是很好的，可是你看看中东那一带的战乱，我们不知道过去、未来的因果因缘，从佛祖所说的原始宇宙因缘到现在，不知道经过了多少微尘的大千世界。据佛经记载，当佛为众生说法时，每一个毛孔都现出莲花，每朵莲花上都坐着佛。李商隐说，什么时候你才可以看到水中每一朵莲花上出现一个如来佛的佛像，就是苦海之中的众生有了彻底的觉悟了。宗教无论是佛教还是基督教真的可以救度苍生吗？不是我要救度苍生，我也是苍生中的一员。我们什么时候才能真正被度脱呢？本来大自然已经给人类带来很多灾害，为什么人类是如此愚昧、自私，还会制造那么多的罪恶、苦难？

"如来原是幻"，人生有这么多的痛苦、罪恶、不平，为什么我们现实的社会是如此的？说佛能够拯救众生，佛既然没有，我们这些在罪恶、痛苦、困惑之中生活的人类，怎样才能得到救赎？我其实很小，可是我莫名其妙就说："如来原是幻，何以度苍生。"

到了秋天，看到我们家的菊花，我又写了一首诗《咏菊》，诗如下：

不竞繁华日，秋深放最迟。

群芳凋落尽，独有傲霜枝。

桃花、杏花、李花等是春天的花，菊花则不是，它"不竞繁华日"，满园万紫千红的时候，没有菊花的身影。没有跟其他的花争荣夺艳，不在桃李争春的时候开放。"秋深放最迟"，到寒冷的深秋，已经是霜露满天的时候，菊花开放了，它开放得最晚，"群芳凋落尽"，当所有的花都零落的时候，只有菊花"独有傲霜枝"，它居然没有零落。中国有句古话，"三岁看大，十岁看老"，据说小孩子的天性如何，从很小就可以看出来。这也不完全是迷信，而是中国古代一种智慧的说法。我们说"言为心声"，"诗者，志之所之也，在心为志，发言为诗"，一个人写的诗就代表其真正的性格、心灵，甚至透露了未来。我那时不懂这些大道理，现在回望，我这个人可能是有一种坚韧的力量。在寒冷的时候，在艰难困苦的时候，我可以站着，我可以坚持。

伯父教我作诗、对对子——天对地，雨对风，大陆对长空……。前几年，有一天，我参观一个小学，这个小学从小读古书，也学对对子，也学作诗。我说："既然你们都是一年级的小朋友，都学了对对子，我出个对子给你们对吧。"我说："白鸟。"一个小孩子张口就说："乌鸦。"这对子太好了是不是？"乌"跟"鸦"都是飞鸟，一下就对出来了。

伯父给我讲了一个故事：说古代有一个人给一些年轻人出一个对子，是什么对子呢？上联是"风吹马尾千条线"，说风一吹这马的尾巴好像是千条线，就让人对，一个人就对了，对了什么？"雨打羊毛一片毡。""风"对"雨"，"马的尾巴"对"羊的毛"，"千条线"对"一片毡"也很工整。另外一个小孩子说"日照龙鳞万点金"。"日"对"风"，"吹"对"照"，"马"跟"龙"都是动物也是对的，"马的尾巴"对"龙的鳞"，"千条线"对"万点金"。"风吹马尾千条线"，一个人对了"雨打羊毛一片毡"，另一个人对了"日照龙鳞万点金"。据说，他们后来的人生果然不一样，那对了"雨打羊毛一片毡"的，一看这个人就没有什么高远的情怀和理想，那个说"日照龙鳞万点金"的小孩子后来就飞黄腾达了。这只是古人的传说而已。看我作的诗，伯父认为，我这个人不是有福之人，却是坚强之人。我的人生有几个阶段，后来就先后遭遇了很多不幸。

二

1924不只是一个数字，也代表了我出生在一个战乱的年代。九一八事变时，我还很小，只有七岁，七七事变时我是十三岁。在列强的眼中，清末的中国就如同一只待宰的羔羊，每个列强都想在中国割取一块地方。我父亲就想到，我们的海军甲午一战就完全失败了，至于空军，我们还没起步，还可以追赶。我父亲读的是英文系，毕业以后，他就在

父亲叶廷元先生（1891—1971）

当时刚刚成立的航空署工作，负责翻译介绍西方航空知识等，我父亲当年的几十篇文章我现在还留存着。从九一八事变到七七事变，我国已经组建了航空公司，我父亲在国民政府的航空部门做事，就随着国民政府南迁到上海、南京、武汉、长沙，一直到重庆。

我初中上到二年级就爆发了卢沟桥事变，当时北平沦陷了，我母亲带着我还有两个弟弟在北平沦陷区。老舍先生的小说《四世同堂》写的就是当年沦陷时北平城里的情况。小说写到祁老先生一家，几个月甚至半年都看不到一次白米白面，也没有真正的玉米面、小米面。祁老先生的曾孙女宁愿饿死也不吃混合面。什么叫混合面？就是一种

黑黑的、灰灰的闻起来酸酸臭臭的面粉。把这种面粉放一点水，把它和一和，你说要包饺子、切面条，那是绝对不可以的，因为它没有黏性。我们那时就把混合面拿水团一团，压成一张饼，然后它就碎成一块一块的，放在开水里边煮，煮了以后又酸又臭的。难以下咽怎么办？北京不是有炸酱面嘛，就把咸咸的炸酱拌酸酸臭臭的混合面来吃。

我们看到上海、南京、武汉、长沙相继陷落，而陷落的地方都是我父亲工作的地方。因为音信不通，不知道我父亲的生死存亡，我母亲非常担心。这种情形跟杜甫诗中所写的极为相似，在安史之乱时，杜甫跟家人隔绝，他在《述怀》一诗中说："妻子隔绝久……山中漏茅屋，谁复依户牖……反畏消息来，寸心亦何有？"

北平沦陷已经有四年之久了，我们与父亲两地隔绝。没有父亲的音信，我母亲很忧伤，因此她的腹中长了瘤。我伯父是中医，本来我们生病都是我伯父看，后来我伯父对我母亲说，你腹中的瘤不是中医可以消的，必须要找西医开刀才可以。我伯父说，天津有租界，有外国的医院和医生，最好到天津去开刀。

我那年刚刚考上大学，我要跟我母亲去。我母亲说，我刚考上大学，也不懂事，我弟弟就更小，就叫我舅舅陪她去了天津。我母亲开刀以后感染了，她得了败血症，很快就病重了。病重应该留在医院，可是我母亲因为不放心我们三个孩子，坚持一定要回北平。我舅舅就陪我母亲上了火车，那时天津到北平的火车非常慢，我母亲最后是在火车上去世的。

习惯上，死去的人不再运回家里来，因此她的遗体就停放在北平的一家医院里。我是最大的孩子，就到医院去亲自检点了我母亲的衣物，给我母亲换了衣服。办丧事就在嘉兴寺。1941年秋，我写了《哭母诗》八首：

其一

噩耗传来心乍惊，泪枯无语暗吞声。
早知一别成千古，悔不当初伴母行。

其二

瞻依犹是旧容颜，唤母千回总不还。
凄绝临棺无一语，漫将修短破天悭。

其三

重阳节后欲寒天，送母西行过玉泉。
黄叶满山坟草白，秋风万里感啼鹃。

其四

叶已随风别故枝，我于凋落更何辞。

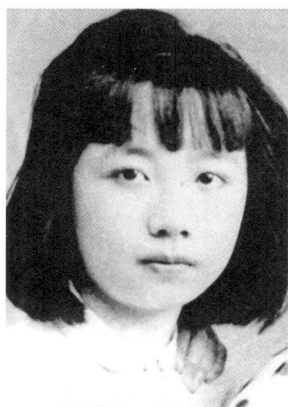

1938年初中毕业照

1941年高中毕业前在北京

1941年母亲去世戴孝照

窗前雨滴梧桐碎，独对寒灯哭母时。

其五

飒飒西风冷穗帷，小窗竹影月凄其。

空余旧物思言笑，几度凝眸双泪垂。

其六

本是明珠掌上身，于今憔悴委泥尘。

凄凉莫怨无人问，剪纸招魂诉母亲。

其七

年年辛苦为儿忙，刀尺声中夜漏长。

多少春晖游子恨，不堪重展旧衣裳。

其八

寒屏独倚夜深时，数断更筹恨转痴。

诗句吟成千点泪，重泉何处达亲知。

从我开始写诗词，我的伯父、我的大学老师，从来没有明确告诉我，是要学唐诗还是宋诗，是要学苏黄还是李杜。"言为心声"，我就写自己的见闻、感受，俗语说"大言而无实"，如果都是说大话，就没有一点真实的感情。他们教导我说发自内心的真诚的话。我不像那些要成为名家的诗人，我不是大家，写的也不是好诗，我写的诗都非常朴实。为什么说"噩耗传来心乍惊"？因为我母亲不是在我们家里去世的，我母亲病了很久，在北平治了很久都治不好。我们都还很小，我刚刚高中毕业，我大弟比我小两岁，我小弟比我小八岁，还在念小学。我母亲到天津住院的时候，我一定要跟我母亲去，但母亲坚决不许我去，所以我说"早知一别成千古，悔不当初伴母行"。

"瞻依犹是旧容颜，唤母千回总不还"，是说我母亲刚刚去世不久，面容都还没有改变，停灵时，我母亲还是平常的样子，可是"唤母千回总不还"，不管我跟两个弟弟怎么哭喊，我母亲不会再醒来了。那时，每天我上学离开家的时候，本来过去的习惯是说一句："妈，我走了。"回到家，还没有进到房间，就会说："妈，我回来了。"我现在没有人可以呼唤了。这是我第一次经历生死离别。母亲的遗体回到北京以后，在庙里停灵，之后就要入殓，我母亲入殓的时候，是我人生最痛苦的时刻。入殓以前，要见亲人最后一面，因为一旦放在棺材里边，钉子一敲下去，就永远见不到母亲了。"凄绝临棺无一语"，即我母亲到天津去的时候还是好好的，可是回来已经成这样子，没有一句告别的话。"漫将修短破天悭"中的"修"，是活得年岁长，"短"，即活得年岁短，寿命的长短是上天给你的，"悭"就是吝啬，我质问上天为什么这样吝啬，我母亲只有四十四岁就去世了。当时我所经历的人生最大的打击是我母亲的去世。

我们家既然是旗人，在玉泉山下有一大片墓地，我们去给母亲送葬的那一天，"黄叶满山坟草白，秋风万里感啼鹃"，在万里秋风中，我感觉到杜鹃啼血的悲哀。后来我弟弟还把我们祖先的骨殖、骨灰移葬过一次。"文化大革命"时，移葬的墓地被征用了，我弟弟受到"文化大革命"的冲击，没办法移葬，祖先的坟墓没有了，祖先的骨殖也没有留下来。我两个弟弟在老家都已经先后去世了，我的大侄子也已经去世了。我还有一个小侄子，因此我就跟我小侄子商量：我们是不是要买一片墓地？当时我还有一个愿望：百年之后，我不留在加拿大，还是要回到我的故乡。

我母亲去世时，我父亲一直随着国民政府一步一步地撤退，武汉陷落时，我父亲在武汉；长沙大火时，我父亲在长沙。我们在沦陷区是被日本统治的，当局让我们上街去庆祝武汉、长沙陷落。你们是没有经过遭受异族统治的痛苦——七七事变以后，老师通知我们："开学后，都把课本带来。"因为七七事变的缘故，伪政府还来不及印新的书，就让我们把旧的课本带来。老师在课堂上说："把你们的课本翻开，第几页到第几页撕掉。"凡是记载日本侵略的内容都得撕掉。然后又说"第几行到第几行拿着毛笔把它涂掉",我就想到都德写的《最后一课》,国家败亡了,就不能再读关于自己祖国的真正的历史和地理了。

抗战进入第五年以后,我父亲开始来信了。我考进大学的那一年(1941年)太平洋战争爆发了,我父亲在航空公司工作,当时有飞虎队等美军来援助国民政府,我父亲看到有胜利的希望,就辗转托人寄来了一封信。收到信后,我写了一首诗《母亡后接父书》:

> 昨夜接父书,开缄长跪读。
> 上仍书母名,康乐遥相祝。
> 惟言近日里,魂梦归家促。
> 入门见妻子,欢言乐不足。
> 期之数年后,共享团栾福。
> 何知梦未冷,人朽桐棺木。
> 母今长已矣,父又隔巴蜀。
> 对书长叹息,泪陨珠千斛。

"昨夜接父书,开缄长跪读",接到我父亲的信,我打开信封跪读,"跪读"是古人的生活习惯,古人不坐高椅子,都是席地而坐,是坐在脚上。当你很严肃庄重时,就会用跪的形式。"上仍书母名,康乐遥相祝",我父亲的家书写的是我母亲的名字，祝福家里人平安。"惟言近日里，魂梦归家促"，毕竟离家已四年之久，总是梦见回家。

几十年来，我飘泊在外，总是跟我父亲一样，经常梦见回到老家。父亲信中说梦见妻子，"入门见妻子，欢言乐不足"，见到我母亲见面时间很短，然后就醒了。"期之数年后，共享团栾福"，我父亲希望抗战能够早日结束，有一天能够回家。"何知梦未冷，人朽桐棺木"，哪知道梦还没有冷，我父亲还在做着回家的梦，我母亲的棺木已经腐朽了。"母今长已矣，父又隔巴蜀"，母亲已经离开我们了，父亲又远在四川的重庆，我"对书长叹息，泪陨珠千斛"。诗虽然不好，但是我写的事情、感情都是真实的。

三

1941年，我考上辅仁大学。1943年，我已经大学二年级了。中文系有诗选、词选的各种课程，顾随先生教我们唐宋诗的课程。说到作诗，我就很占便宜了，因为许多同学不会作诗，可是我从小就背李白、杜甫的诗。我大学时作的《秋宵听雨二首》就不是很幼稚的诗了，有一点点成熟的意味：

顾随先生（1897—1960）

其一

四壁吟蛩睡未成，簟纹初簇蚤凉生。

隔帘一阵潇潇雨，洒作新秋第几声。

其二

小院风多叶满廊，沿阶虫语入空堂。

十年往事秋宵梦，细雨青灯伴夜凉。

你可以看到这诗里有"作意"了，不是那么单纯、真实、本然的赤子之情了。"四壁吟蛩睡未成"，即北京老院子里蟋蟀晚上会叫，听到墙角的"四壁吟蛩"，不能成眠。"簟纹初簇蚤凉生"中的"簟纹"，是铺的竹席，天开始冷了，已觉得竹席的席纹特别鲜明。这一句中"蚤"字，虽然是跳蚤的"蚤"，但是在古代，早晚的"早"也用这个"蚤"。"隔帘一阵潇潇雨"，是说在四合院中，每到夏天就把冬天的门框卸下来，这样门会变得很宽，我们会挂一张很宽大的竹帘，晚上睡觉，就把房间里边还有一道隔扇门关上，白天就是一扇大的竹帘子，所以我说"隔帘一阵潇潇雨，洒作新秋第几声"。"洒作新秋第几声"是问，这是秋天的第几场雨？在北方人们会说"一场秋雨一场寒"，天气一天比一天冷了。

"小院风多叶满廊"是讲，我们院子中有一些树，秋风吹来，满院子都是落叶，走廊里能听见落叶哗啦哗啦在响。当时我父亲不在家，我母亲也去世了，东厢房的三间是空着的，我伯父是个中医，他白天有时候在东房给人看病，晚上住在北房，我们住在西房，院子里大半边都是空的。"小院风多叶满廊"，即我们院子中有一些树，秋风吹来，满院子都是落叶。走廊里能听见落叶哗啦哗啦在响。"沿阶虫语入空堂"是说，台阶底下有蟋蟀蛐蛐在叫，屋子显得那么空旷。"十年往事秋宵梦"，回忆起父母还在家的情形，十年的往事，就像秋天夜晚的一场梦，如今只剩下"细雨青灯伴夜凉"，院子里边的细雨，屋子里边的一盏青灯，陪伴我的是夜晚的寒凉。

我虽然经历了母亲的去世，与我父亲的离别，但是我总有女孩子的梦想。1943年，我十九岁，正是做梦的年龄，我写了《拟采莲曲》，诗如下：

采莲复采莲，莲叶何田田。

鼓棹入湖去，微吟自扣舷。

湖云自舒卷，湖水自沦涟。

相望不相即，相思云汉间。

采莲复采莲，莲花何旖旎。

艳质易飘零，常恐秋风起。

采莲复采莲，莲实盈筐筥。

采之欲遗谁，所思云鹤侣。

妾貌如莲花，妾心如莲子。

持赠结郎心，莫教随逝水。

古代有采莲女唱的《采莲曲》："江南可采莲，莲叶何田田。……鱼戏莲叶南，鱼戏莲叶北。"我就拟作了一首。"棹"，就是船桨，说我划着船桨到湖里去。我虽然不会踢毽子、跳绳，但是划船我会，因为我念北平的辅仁大学，附近就是什刹海、北海，同学们有时去划船，所以我说"鼓棹入湖去"。"微吟自扣舷"，即一边吟诵，吟诗，唱着歌。"扣舷"，就是敲着船边，"湖云自舒卷，湖水自沦涟"，白云悠然地舒卷，湖水波影沦涟。"相望不相即"，即云彩也许是多情的，但是它在天上，湖水也许是多情的，但是湖水在下边，多彩的云影、水波的沦涟是缠绵的，但是"相望不相即"，天上的白云也许看见湖水，湖水也倒映了天上的白云，但是"相望不相即"，一个远在高空，一个低在湖里。那么我究竟怀想的是一个怎么样的人？平生有没有美好的遇合？这我还不知道，因此我说"相思云汉间"。

这首古乐府诗本来是分成三段，但很多人不懂得古诗的章法。第二段是："采莲复采莲，莲花何旖旎。艳质易飘

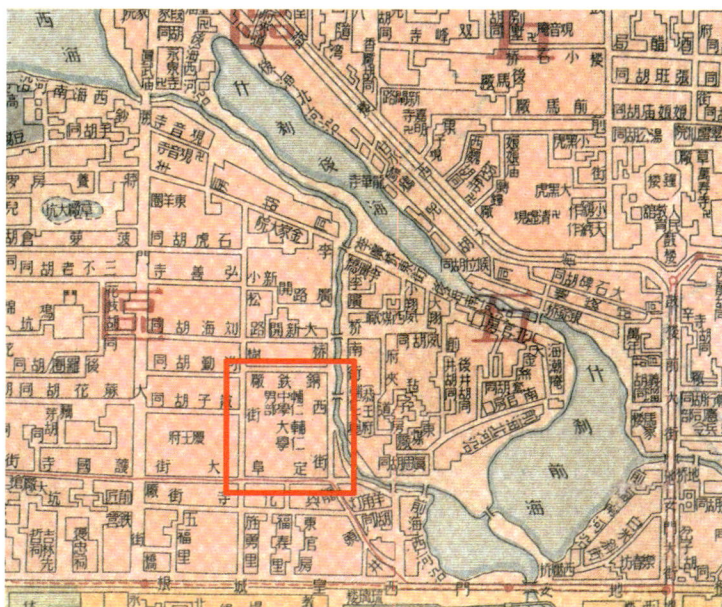

方框内为辅仁大学

零，常恐秋风起。"《采莲曲》开头都是"采莲复采莲"，先说的是莲叶——"莲叶何田田"。"采莲复采莲，莲花何旖旎"，说的是荷花，荷花是何等的美丽！"艳质易飘零，常恐秋风起"是说，这美丽旖旎的荷花最容易飘零。我特别喜欢荷花，我在加拿大有个邻居，是一位女作家，她常常在海外的《世界日报》上发表文章，她也喜欢荷花。有一次，她不在家，写信告诉我说，她家的荷花现在应该开了，让我到她家院子给荷花照相。她说："你最好上午去照，下午就不好了。"但是我那天上午很忙，到下午才去照，荷花的光影神色完全就不对了，荷花真是容易憔悴凋零。

我还记得有一年春天，我带着女儿在北京师范大学教书，我教古典诗歌，她教英文。我们早晨一起出来吃早点，就看见我们住的宾馆的外边有一种北京特有的叫榆叶梅的花开得非常美丽。我跟我女儿说："这花开得真好。我们现在赶去上课，下课回来给它照一张相。"我们一去上课，风沙就起来了，黄尘蔽天，等到我们下课，中午要去给它照相，榆叶梅已经面目全非了。李后主曾经写过一首词："林花谢了春红，太匆匆。无奈朝来寒雨晚来风。"古人说"初日照芙蕖"，早晨的荷花才是美的。人的青春年华是不长久的，因此我才会说"常恐秋风起"。

下面一段是"采莲复采莲，莲实盈筐筥。采之欲遗谁，

1943年与同班同学在顾随先生家中合影，
顾随先生身后左侧一是叶嘉莹

所思云鹤侣"，"遗"字这里不念"yí"，如果我们当遗失、遗留、遗嘱讲时都念"yí"，可是当赠送讲的时候，古人有另外一个读音，念"wèi"。秋天的时候采莲蓬，"莲实"就是莲子，"盈筐筥"是说，我们采了很多莲子装满大筐小筥，"采之欲遗谁"，采了这么多莲子要送给谁？"所思云鹤侣"，我所怀想的是像白鹤那样能够飞在云中的伴侣。写了莲叶、莲花、莲子，最后有一个总结："妾貌如莲花，妾心如莲子。持赠结郎心，莫教随逝水。"女子的容貌就像是莲花，心就如同是坚贞的莲子，"持赠结郎心"，即我把最好的莲花、莲子都送给我所爱的人。"莫教随逝水"是说，你不要不珍重、不爱惜，让这莲花、莲子都随水飘零了。这都是年轻时的梦想。

我自己教书教了很多年，而且我喜欢学习，也喜欢听人家讲诗，我1979年第一次回到祖国来教书，不管到哪个大学去讲演，我都要求要许我去听其他的老师讲课。我做学生的时候就喜欢听讲，我不但听辅仁大学其他老师的课，也听其他大学的课。俞平伯先生是有名的词学家，我那时会骑车去听俞先生讲课。顾随先生是一个非常好的老师，没有人讲诗像我的老师顾随先生讲得那么好，我的老师所讲的诗不仅仅是讲知识，更重要的是讲诗歌的生命、心灵、本质。很多人都知道我的老师其实是很欣赏我的，我老师每写了诗，就把他的手稿交给我让我看。1944年夏的《题羡季师手写诗稿册子》是我二十岁时的作品，诗如下：

> 自得手佳编，吟诵忘朝夕。
>
> 吾师重锤炼，辞句诚精密。
>
> 想见酝酿时，经营非苟率。
>
> 旧瓶入新酒，出语雄且杰。
>
> 以此战诗坛，何止黄陈敌。
>
> 小楷更工妙，直与晋唐接。
>
> 气溢乌丝阑，卓荦见风骨。
>
> 人向字中看，诗从心底出。
>
> 淡宕风中兰，清严雪中柏。
>
> 挥洒既多姿，盘旋尤有力。
>
> 小语近人情，端厚如彭泽。
>
> 诲人亦谆谆，虽劳无倦色。
>
> 弟子愧凡夫，三年面墙壁。
>
> 仰此高山高，可瞻不可及。

我给老师写诗不得不写得庄严典雅，因此我写了一首古诗。我说："自从拿到老师亲手写的诗稿册子，我每天从早到晚读。""吾师重锤炼"，即我的老师很注重用字，字不可以随便用，因为"重锤炼"，所以"辞句诚精密"，我说："您的辞句真是写得精密。"想见酝酿时，经营非苟率"，即我老师教我们作诗要很认真，每一个字都要斟酌。"旧瓶入新酒，出语雄且杰"，我的老师说过："如果作的是古诗，你的平仄声律都是古人，你作出来的诗都跟古人一样，你的特点在哪里？"

南开大学有一个研究所，我有很多学生，现在也都能作诗。有个学生问我："我们现在作出诗来就像古人一样，怎么能够把现代的感情、事物写到诗里面去？"我的老师说"旧瓶入新酒"，虽然是旧的体裁、形式、格律，但诗里你要有真正现实的生活、感情，"出语雄且杰"，即那诗作得真是不凡。"以此战诗坛，何止黄陈敌"，意思是说：您如果在中国的诗坛比一比，宋朝的黄山谷、陈后山都比不上您的诗。这当然是在赞美老师。

老师的书法真的是很好，我们中国的书法，晋朝王羲之是第一，还有唐人颜真卿、柳公权，所以我说："小楷更工妙，直与晋唐接。""气溢乌丝阑，卓荦见风骨"，即：您的书法不止是形体美。中国的所有的艺术，诗歌、书法、国画等是看精神、气韵，不只是看外表的形式。因此我说："在您的诗稿行墨之外，看到的不止是每一个字的形式，真正看到的是您的精神、品格。""人向字中看，诗从心底出"，看一个人的书法，就知道他是什么样的人。作诗也不

顾随先生致叶嘉莹信

是人云亦云、雕琢造作，而是要发自内心。那么我的老师是什么样的人？他作的是什么样的诗？我说他是"淡宕风中兰，清严雪中柏"，淡雅、飘逸、自由、潇洒，像是风中的兰花；那种高洁、严整，那种章法、格律，好像是雪中的松柏。"挥洒既多姿，盘旋尤有力"是说，我老师的书法挥洒自如。前几年，我见到董阳孜女士，她的书法也是如此，你看她有时候很细的笔法轻转，"挥洒既多姿"，大笔一挥，即"盘旋尤有力"。

"小语近人情，端厚如彭泽"。我的老师偶尔写几句短小的诗，那么近人情，对学生而言，是最朴质、真诚的一份情谊，老师的诗端严、厚重，如同陶渊明一样。"诲人亦谆谆，虽劳无倦色"，他教学生，是如此之认真，不管怎么辛劳，都没有疲倦的神色。我的老师讲起诗来神气飘扬，而且看我们的诗作，还不是改多少字，我的诗他改得并不多，但是后面都会有他的批语，他很认真地点评、批评。"弟子愧凡夫，三年面墙壁"，即：我这个学生真是凡夫俗子，跟老师学了三年好像还在面墙壁而立，还没有真的超然、透悟。"仰此高山高，可瞻不可及"，我看老师就像一座高山，只能瞻望，我真是爬不到山顶上。

受了老师的教导以后，我也写了很多七言律诗。七言律诗比较难写，因为七言律诗平仄、对偶、格律比较严格，可

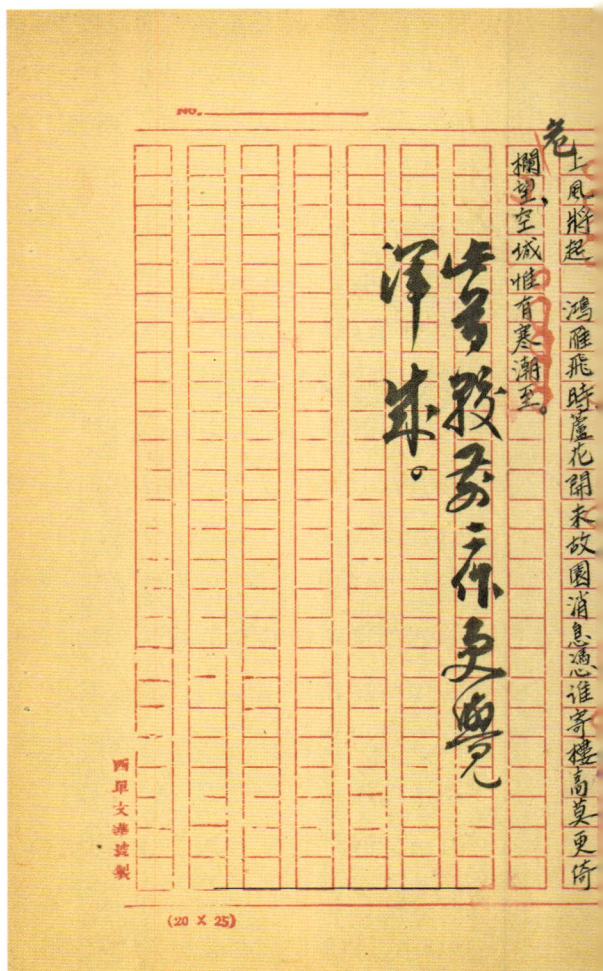

垄上风将起　鸿雁飞时芦花开末故园消息凭谁寄楼高莫更倚　拦望空城惟有寒潮至。　等数多作支黑　泽珠。

顾随先生批改叶嘉莹诗作

23. 24.

踏莎行　國二葉嘉瑩

用裴李師句試勉學其作風苦未能似

燭短宵長，月明人悄，夢回何事縈懷抱。撒開煩惱卻歡娛，世人偏
道歡娛少。　軟語叮嚀，階前細草，梅花信今年早。耐他風雪耐
他寒，縱寒已是春寒了。

又　次裴李師韻

草蘸春堤，波搖春水，庭前凍柳眠難起。閒行花下問東風，可能吹
暖人間世。　柝聲更樓，鐘傳野寺，幾人難得浮生事。競將韶秀說

有剛大仙味之辛詞。

卅八年四月廿五日揚州

是1944年的秋天我忽然喜欢上七言律诗了，一口气写了六首七言律诗。第一首诗叫做《摇落》，写的是初秋的景色：

> 高柳鸣蝉怨未休，倏惊摇落动新愁。
>
> 云凝墨色仍将雨，树有商声已是秋。
>
> 三径草荒元亮宅，十年身寄仲宣楼。
>
> 征鸿岁岁无消息，肠断江河日夜流。

我家院子角上有一棵很高大的柳树，北京夏天时有很多蝉，夏天蝉叫的都跟秋天的不一样，夏天的蝉就一直这么叫——"哗哗哗"，秋天的蝉是这样叫——"伏蔫儿伏蔫儿"，秋天的蝉鸣有一种哀怨的声调，因此我说"怨未休"。"倏惊摇落动新愁"，本来满院都是绿色，树叶都是青青的，转眼之间树叶就干枯了。你从哪里知道秋天来了？"云凝墨色仍将雨，树有商声已是秋"，秋天的连阴雨，云彩凝得像墨一样黑，看样子就知道晴不了，明天还要下雨。你就发现，风吹树叶的声音跟夏天不一样了，这是因为叶子的情况不同了，柔软的叶子跟慢慢枯干的叶子发出的声音不同。

"三径草荒元亮宅，十年身寄仲宣楼"，陶渊明说回到老家，是"三径就荒，松菊犹存"，这里是暗喻，我住在老家，为什么说十年身寄仲宣楼？仲宣是指王粲，王仲宣在

《登楼赋》中悲叹自己不能够回到老家去。因为我虽然身体在此处，但是我是在沦陷区，我的国家不在这里。这首诗还有另外的意思，"三径草荒"还不仅仅是说我，我父亲已经有多少年没有回来？我们自己的祖国已经多少年没有收复了呢？最后我说："征鸿岁岁无消息，肠断江河日夜流。"抗战哪一年才能停止？我的祖国哪一年才能收复？

我写七言律诗上瘾了，一下子就又写了五首《晚秋杂诗》。在作诗的过程中，忽然间对律诗的声调就很熟悉了，摇笔就写出一首律诗来：

其一

鸿雁飞来露已寒，长林摇落叶声干。

事非可忏佛休佞，人到无愁酒不欢。

好梦尽随流水去，新诗惟与故人看。

平生多少相思意，谱入秋弦只浪弹。

其二

西风又入碧梧枝，如此生涯久不支。

情绪已同秋索寞，锦书常与雁参差。

心花开落谁能见，诗句吟成自费辞。

睡起中宵牵绣幌，一庭霜月柳如丝。

其三

深秋落叶满荒城，四野萧条不可听。

篱下寒花新有约，陇头流水旧关情。

惊涛难化心成石，闭户真堪隐作名。

收拾闲愁应未尽，坐调弦柱到三更。

其四

年年樽酒负重阳，山水登临敢自伤。

斜日尚能怜败草，高原真悔植空桑。

风来尽扫梧桐叶，燕去空余玳瑁梁。

金缕歌残懒回首，不知身是在他乡。

其五

花飞无奈水西东，廊静时闻叶转风。

凉月看从霜后白，金天喜有雁来红。

学禅未必堪投老，为赋何能抵送穷。

二十年间惆怅事，半随秋思入寒空。

"思"字在这里念"sī"。这些诗说的是什么？不像我早年的诗，我可以一句一句都讲具体的事实。我现在发现，我当年糊里糊涂就写出很多首诗。律诗很奇妙，它有一种非常美丽的声调和格律，声调和格律把你带进去，随着声调和格律，有一些莫名其妙的感情和语言就会跑出来，不必说它一定是什么。而我回头看这些七言律诗，就想到一点，就是我近来常常讲的词的美感特质。诗是言志的，有什么情意就写什么情意。可是词呢？词是先有一个牌调，例如《忆江南》《浣溪沙》《鹧鸪天》等，你就顺着那牌调填，你不必写你自己。杜甫说《闻官军收河南河北》那是他自己听见官军收河南河北。词人写一首给歌女去唱的歌词，就按照声调写。因此黄山谷的一个朋友劝他说："你作诗是很好，那些写美女与爱情的歌词，你不要写了。"黄山谷说："我所写的词是'空中语耳'，没有什么实在的意义。"

那一阵子很喜欢写七言律诗，平平仄仄、仄仄平平，我一下就凑出来几首七言律诗，回头来看真的是很妙。你就随着音节声调，每一字、每一句，你不用切实思考究竟说的是什么，它就是一种本然的感情流露。音韵和声调带动你，把你的本然、本真、本质都写出来，不是你的consciously（显意识）说我要写什么，而是潜意识的（subconsciously）、无意识的（unconsciously）把你说不清道不明甚至连你自己也不知道的东西无心之中把它表现出来。我当时没有这种觉悟，是六十年之后，在我讲词的美感特质时想起的。

老师和了我六首诗，我自己又作了六首诗。因为有老师的鼓励，1944年冬天，我作了很多诗，题目是《羡季师和诗六章，用〈晚秋杂诗〉五首及〈摇落〉一首韵，辞意深美，自愧无能奉酬。无何，既入深冬，岁暮天寒，载途风雪，因再为长句六章，仍叠前韵》，"无何"就是没有多久，"既入深冬，岁暮天寒，载途风雪"，秋天过去，北京岁暮天寒下大雪的时节，因再为长句六章，仍叠前韵。我觉得正如朱丽娅·克里斯蒂娃（Julia Kristeva）所说，是声音韵律在发挥作用，我就按照声音写出多首诗，你们要问我："叶先生你这到底是说些什么？"这很难讲清楚，但是很奇妙。第一首如下：

> 一杯薄酒动新寒，短笛吹残泪未干。
>
> 楼外斜阳几今昔，眼前风景足悲欢。
>
> 生机半向愁中尽，往事都成梦里看。
>
> 此世知音太寥落，宝筝瑶瑟为谁弹。

第二首：

> 庭槐叶尽剩空枝，一入穷冬益不支。
>
> 日落高楼天寂寞，寒生短榻梦参差。
>
> 早更忧患诗难好，每话艰辛酒不辞。
>
> 昨日长堤风雪里，两行枯柳尚垂丝。

晚清时代的陈曾寿先生的小词真是有"日落高楼天寂

窠，寒生短榻梦参差"的寂寞之感。在那么寒冷的、空洞的院子里，"寒生短榻梦参差"。而我的诗中所写的长堤、风雪，也都不是瞎说，因为辅仁大学在后海，我骑自行车上学，有时候下课经过什刹海，沿岸都是柳树，冬天风雪之中的柳树，你说它有生机还是没有生机？在抗战的艰苦患难之中，我们国家是有希望还是没有希望？

第三首：

> 尽夜狂风撼大城，悲笳哀角不堪听。
>
> 晴明半日寒仍劲，灯火深宵夜有情。
>
> 入世已拼愁似海，逃禅不借隐为名。
>
> 伐茅盖顶他年事，生计如斯总未更。

在七言音律之中有现实也有很多梦想。"尽夜狂风撼大城"，是说北京城狂风怒吼，吹得电线"呜呜"地叫，而且这一句不但是写现实的风雪，而且也写出了抗战中的沦亡。我现在住在天津，也是北方，可是我觉得现在的风雪好像少了，我记得小时候，狂风卷着大雪，真是"尽夜狂风撼大城"。我们把路面的雪扫一扫，然后堆成一个雪堆，雪堆到春天才化。好像现在都没有这种天气，会整夜吹着西北风，还带着呼呼的哨子的响声。

抗战非常艰苦，老百姓吃混合面，每天晚上日本兵驾着他们的吉普车，在东西长安街上横冲直撞，播放着《支那之夜》等歌曲。我家的后门面对的就是西长安街，现在的民族饭店跟我们家的后门是斜对着的，因此我说"悲笳哀角不堪听"。

"晴明半日寒仍劲，灯火深宵夜有情"，即好不容易天晴了，可是仍然很冷。不过不管外边有多么大的狂风暴雪，我屋子里还有一炉火，房间里还有一盏灯，我们内心的希望没有完全灭绝。我伯父是中医，给人看病需要诊脉，因此有专门诊脉的房间。我跟我两个弟弟住在西房，我住在里边一间，他们住在外边一间。我们家里环境算是好的，我们有洋火炉，还有烟囱。那个时候没有电灯，我们就点一盏煤油灯，我还记得那煤油灯的玻璃罩都熏黑了，我们就拿个像擀面杖一样的东西，上面用布包着棉花团去擦。冬天屋子要生一个炉子，等到深夜，火炉子里边有一些零星的温暖的火光，炉中残余的那一点红色的光焰，有一丝温暖的气息，好像真是有情的。

我从小就说出"入世已拼愁似海，逃禅不借隐为名"这样的话，我那时候其实也不过二十岁，但是我早已准备接受来自家国的所有忧愁和苦难。在艰难的战乱日子，我想要入世，为国家、为人类做一些事情。我不追求世俗的一切，这不是高自标榜，我生来就不喜欢那些东西，但我不会离世隐居，到荒山之中去修行。当我的大女儿夫妇车祸去世后，我曾经托名我的老师说过一句话"以无生之觉悟，为有生之事业；以悲观之心境，过乐观之生活"。其实当年我就已经说了"入世已拼愁似海，逃禅不借隐为名"的话，我不是远离城市去逃避，我可以不追求世上的一切，但是我活在世上，要以无生之觉悟，为有生之事业，以悲观之心境，过乐观、积极、进取的生活。我那时没有深刻的哲学人生的体悟，就是在节奏韵律之间莫名其妙地写出那么两句。很多人引用我这两句话，而常常都把我这两句话写错，有人说我逃到禅里去，也有人说我从禅里逃回来。不管有多少苦难、灾祸，我都可以承受，而且我内心的操守不会乱，"逃禅不借隐为名"，即我不需要到深山老林里去隐居，就是在尘世中我的心也可以不受打扰。我很喜欢这两句，它代表我做人做事的态度。这两句诗也是我选来刻在我们学舍的月亮门两边的对联，我要把这两句诗好好珍藏起来，慢慢品读。

"伐茅盖顶他年事"中的"茅"是茅草，"伐"就是砍。佛家说，人最后要找一个归宿，人到老年了，总要盖个遮蔽风雨的茅草屋。"伐茅盖顶他年事，生计如斯总未更。"我一辈子都在辛勤工作，七十多年后回首往事，读起这首诗来，我觉得生活还是如此，没有多少改变。我现在非常感激我海外的一些热心朋友，我更感激南开大学的领导，他们居然给我盖了一个这么美丽的"迦陵学舍"。

第四首：

> 莫漫挥戈忆鲁阳，孤城落日总堪伤。
> 高丘望断悲无女，沧海波澄好种桑。
> 人去三春花似锦，堂空十载燕巢梁。
> 经秋不动思归念，直把他乡作故乡。

"莫漫挥戈忆鲁阳"，即传说中国古代有一个人叫鲁阳，鲁阳跟敌人作战，天快黑了，他希望天不要黑，太阳不要落下去，他就把戈指向上天，叫太阳站住。据说《圣经》上也有约书亚带领以色列人民争战，当时间不够时向上帝祷告：让日头在天当中停住，不西沉。无论中国还是西方，都有这个传说，不知道经天文学家考证古史中有没有太阳停止转动那么一件事情。诗中所写的只是一个神话传说，不知道古人有没有试着留住太阳，可是不管能否留住，太阳落下去总是悲哀的，所以我说"孤城落日总堪伤"。

"高丘望断悲无女，沧海波澄好种桑"，即屈原说："我要寻找一个美女，我登上高丘望到尽头，也没找到那个美女。"屈原要为这个世界找一个理想的归宿，一个理想的救赎之策，他找到了吗？虽然他没找到，但何妨从现在做起。

等到沧海变成桑田，要等到哪一年呢？现在就在沧海之中，你自己试一试种下桑田吧！我就是要在沧海之中种出桑田来。"人去三春花似锦，堂空十载燕巢梁。"抗战的第七年，那远去的祖国，远去的我的父亲，就真不想回来了吗？难道他们把他乡当成了故乡？当然不是，他们应该会回来，而且一定会回来。

第五首：

> 滚滚长河水自东，岁阑动地起悲风。
> 冢中热血千年碧，炉内残灰一夜红。
> 寂寞天寒宜酒病，徘徊日暮竟途穷。
> 谁怜冬夜无人赏，星影摇摇满太空。

"滚滚长河水自东，岁阑动地起悲风"，即在寒冷的严冬，满途风雪时，我们真的灰心绝望了吗？"冢中热血千年碧"，是说那英雄烈士的热血，埋在坟墓里边，千年以后就会变成碧玉。"炉内残灰一夜红"，即炉内虽然是残灰，但是仍然有光明，有温暖。"寂寞天寒宜酒病"，在这样寒冷的季节，我们也许只应该喝酒。"徘徊日暮竟途穷"，我们真的看不到光明或者希望在哪里？"谁怜冬夜无人赏，星影摇摇满太空"，即谁说冬天的夜晚没有人欣赏，就算是没有月亮的晚上，你看那天上的星星，每一颗闪动的星星都是多情的。

最后一首：

> 雪冷风狂正未休，严冬凛冽孰销愁。
>
> 难凭碧海迎新月，待折黄花送故秋。
>
> 极浦雁声惊失侣，斜阳鸦影莫登楼。
>
> 禅心天意谁能会，一任寒溪日夜流。

1944年正是抗战最艰苦的阶段。如果我们准备一个碧海，就真的能把天上的皓月迎下来了吗？旧的事物要走，已挽留不住，我们要迎接一个新的理想，所以我说，"难凭碧海迎新月"，可是你也要"待折黄花送故秋"。"极浦雁声惊失侣"是说好像一只孤雁飞到一个远远的沙洲上，找不到伴侣，斜阳之外你看到乌鸦，是"长空淡淡孤鸟没"，"斜阳鸦影莫登楼"。"禅心天意谁能会"，即真正人生的意义、价值、理想，人生的苦难、悲欢……"禅心"谁能理解？因此我说："禅心天意谁能会，一任寒溪日夜流。"

四

1945年，我大学毕业。毕业后，我在北京志成中学教书。刚开始教书时，我的生活很清苦。冬天时，我里面穿着大棉袄，外面穿一个布做的长衫。因为骑车，时间一长

叶先生将有上海之行全班欢送摄此留念 草青青三

1948年南下结婚前与北京志成中学学生合影

后面的衣服就磨破了，我就打着个大补丁去上课。我觉得，只要我讲课讲得好，学生对我一样尊敬。我记得《论语》中说过："士志于道，而耻恶衣恶食者，未足与议也。"即便一无所有，我的内心也可以保持高洁的品德和操守。

1948年，我跟我先生结婚了。有一次鲁豫在访谈中问我："有没有谈过恋爱？"我说："没有。"她说，这简直不能相信，每个人都有青春时代，你怎么会没有谈过恋爱。她觉得非常奇怪。其实我说的是真的，因为我小时候是关起门来长大的，我没有上小学，后来直接考进了中学。而且，凡是女孩子会的游戏，打秋千、跳绳……我都不会。当时就是背诗背书，没有伙伴跟我玩，所以我就很害羞，我不敢跟人家交往、说话。在中学里，除了跟我同桌，或者一起上学的小伙伴，别的生人我都不敢说话。一直到了大学，我也不敢跟别人说话，而且确实没有交过男朋友。

我先生的堂姐是我的英文老师，我先生的妹妹是我同年级不同班的同学。他从他的堂姐（就是我的老师）那里看到我的相片，然后就打听到我，他找了他一个男同事的女朋友（是我的同学），然后我那个女同学就打电话来了，她说父亲刚刚去世不久，她也不能出门，让大家到她那里去聚会。我想都是同学应该去。我去了那个同学家，我先生也在，我们就在那位同学家里聚会了。他就好好地介绍

1945年大学毕业获学士学位

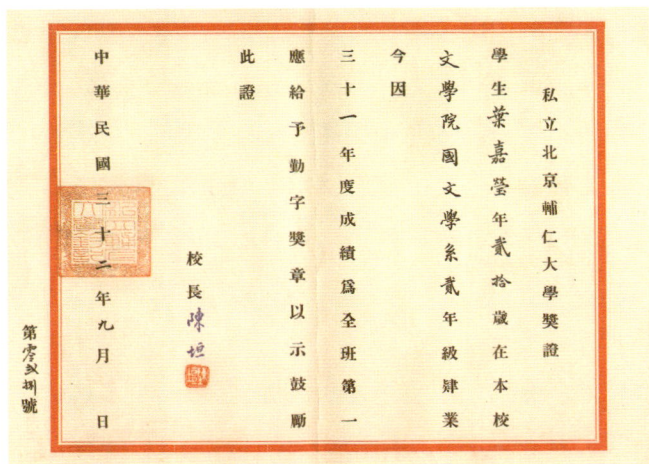

私立北京輔仁大學獎證

學生葉嘉瑩年貳拾歲在本校

文學院國文學系貳年級肄業

今因

三十一年度成績爲全班第一

應給予勤字獎章以示鼓勵

此證

中華民國三十一年九月日

校長陳垣

第零叁捌號

辅仁大学全班第一奖证

了自己，他说你知道某某人，那是我的堂姐，我说："那是我的老师。"我提到同年级不同班的同学，他说，那是他的妹妹。天色晚了，他就说："天这么晚了，你骑自行车来的？"我说："是的。"他说，他也骑车来的，要骑车送我回去。这是人之常情。他就骑车把我送到我们家大门口，这就认识我的家门了。

我们家的南房本来是出租的，后来就不出租了。南房空着，我弟弟他们就在屋里摆了个乒乓球台，我先生就约了他的同学来跟我弟弟打乒乓球，或者玩桥牌。我有时候也在家，他们就把我拉过去打球，我们就这样认识了，他就常常跑到我们家里来。那时候他在哪里工作呢？他说，他在秦皇岛的一个煤矿公司工作。这样差不多有两年之久，我对他也没有感情，因此我从来没有答应过任何事情。后来，他说，秦皇岛的工作丢了。他贫病交加，就困在了北平。他姐夫在海军当文官，介绍他到海军的一个士兵学校去教书。他就跟我提条件了，他说："我现在就要走了，咱俩也认识两年多了。你要是不答应，我就留在北平不走了。"我答应了他。

后来，他就把我接到南京。我们是1948年3月结的婚，之后我们就在南京租了个房子。当1945年11月国民党接收南京时，他们觉得他们打了八年抗战胜利回来了，就为所

大学毕业后在我家院内垂花门前

欲为，无恶不作，劫财劫色，当时老百姓说那是"劫收"。六十九年前，我曾经看到在报纸上刊登的宗志黄先生所写的两套散曲，一套以《正宫·端正好》为开端，题名为《钟馗捉鬼》，另一套是《南吕·一枝花》。

我觉得这两套曲子都写得很好，就把它从报纸上剪下来，一直保存到现在。宗志黄先生《南吕·一枝花》写的是在抗战中老百姓流离颠沛逃亡的情况，作者把老百姓流离颠沛的痛苦，写得非常真切生动。《钟馗捉鬼》写的是国民党把"接收"变成了"劫收"，作者在嬉笑怒骂之中将当年国民党上下贪腐的恶形恶状及百姓的激愤，写得痛快淋漓。国民党从胜利还都，到败退从南京撤走，不过是三年的时间，为什么他们败退得这么快，就因为他们的接收被老百姓讽刺说是"劫收"，就是因为贪腐。当时我住在南京，物价每天都变动，我排队去打油做饭，排了很长的队伍，排到的时候人家却说油没有了。我到商场，想买条围巾，买双鞋子，整个商场架子上却都是空的。我们租的那间房子，它的租金不是按每月多少钱来计算，而是说每月付多少米多少面来计算，因为当时物价飞涨。国民党也发起过"打老虎"的运动，惩治当时的奸商和贪官，最后失败了。

在国民党败退的前夕，宗志黄先生写的这一套《钟馗

1948年结婚照

捉鬼》的曲子，就是在讽刺那些贪污腐败，那些贪官污吏、奸商。我觉得他写得非常好。他是在端午节的时候发表的这套曲子。《钟馗捉鬼》是借着端午节这个节日，把那些奸商、贪官比作鬼，钟馗来捉鬼。我认为应该把这两套曲子都编到中学的课本里，一个是要记住，在国破家亡的时候，不是说哪一家、哪一个政府的败亡，全体的老百姓都在其中；一个就是要大家能够记住，贪污腐败足以败家亡国，应该汲取教训。

我们曾在南京租住了一处民居，听当地一位年长的人说，当年在南京的大街上到处都是被日本军队杀死的人，南京有一个湖都被死尸填满了。当我从国外回到南开大学教书的时候，有一天看到报纸上发表了一条新闻，说是日本现在说没有这件事情，因为在现在的南京地图上找不到这个湖。可巧的是，天津有一个我在辅仁大学读书时的同班同学，他有个特别的爱好就是保存古旧地图。他把他保存的一份南京大屠杀以前的地图拿给我们看，上边是有这个湖的。他说现在的地图上没有这个湖，那是因为大屠杀时死了那么多人，这个湖后来就被填平了。日军在南京大屠杀中究竟杀了多少人？有人说三十万，也有人说二十万，不管是屠杀还是大屠杀，日本也是杀了中国人了。另外，在路上逃难的、死伤的人又有多少呢？

顾随先生《送嘉莹南下》诗的手稿

自从我结婚以后，就发生很多不幸的事情，人家新婚都是蜜月，都很快乐，可我结婚的那年冬天，因为我先生当时在国民政府海军部门工作，当时我们就离开了南京，从上海上船来到了台湾。我们坐的是中兴轮，后面一艘太平轮在1949年1月就沉没了……

第二篇

潮退空余旧梦痕

一

在战乱中，我们就随着国民政府逃到了台湾。海军的宿舍位于台南和高雄之间一个叫左营的地方。那里一片荒凉，我们的宿舍都是新盖起来的日式的木头房屋，我和我先生就住在新建的海军军区里面。刚到台湾时，我的老师顾随先生就给我写信，让我去看望他在台湾的朋友台静农先生、李霁野先生，还有郑骞先生。我和李霁野先生在台湾大学见了一面之后，我就到彰化女中去教书，接着就发生了白色恐怖，我先生和我相继被关了。顾随先生的女儿也是随国民政府迁到台湾。顾先生曾经让我去看他的女儿，可是我自己都被关起来了，没有办法去看她。三年以后，我到台北教书，就按照老师给的地址去找我师姐。到了台北的空军宿舍，我就向一家人打听我老师的女儿，他们告诉我，我老师的女儿一家都不在了。先是我的师姐很早就去世了。后来她的先生也很失意，带着三个孩子一起饮了农药。传说，师姐的大儿子好像救活了，我就去找在空军工作的同学，托他去打听，他打听后说，没有救活。

许世瑛先生听说我到了台湾，介绍我到彰化女中去教书。那时我已经怀孕了。大陆妇女的产假很长，台湾妇女产假只有一个月，我两个女儿都是暑假出生，正好到了满月，我就回去上班了。我怀孕还没有生小孩时，住在员工宿舍。1949年8月，我生下第一个女儿。有了孩子，不能住宿舍了。女校长人很好，她说，她的宿舍里有空房，就让我到她的宿舍里住。同住的还有另外一个女老师带着她的女儿，已经差不多上小学一年级了。

1949年12月25日早上，我先生被海军的人从我们宿舍里抓走了。1950年6月，我的女儿还不满周岁，中学刚刚考完试，我所在的彰化女中又来了一群人，把女校长、六位老师（其中包括我，还有我的吃奶的孩子）都带走了。上小学一年级的那个小孩没有被带走，我一定要带我的女儿，因为我女儿吃我的奶。我们都被关在彰化的警察局。警察叫我们写自白书，写自己都干了什么事，都交了什么朋友。审问了几天以后，警察局的人要把我们这一批人都送到台北宪兵司令部。我就抱着吃奶的女儿去见警察局长，我说："反正我也跑不了，你要关就把我关在彰化，就把我关在警察局。因为我先生已经被关了，我无亲无友。我在彰化教了一年半的书，还有同事、学生，如果把我带到台北，万一有个三长两短，连个托付的人都没有。"我就带着吃奶的孩子留在彰化，女中的校长跟其他人都被送到台北宪兵司令部。我从来不懂政治，警察局的人看我真是有吃奶的孩子，而且看我的履历，除了念书教书，什么朋友都不交，也没有政治问题，就把我放出来了。

放出来以后，我就无家可归了。因为我从大陆去台湾，有工作就有宿舍，有薪水。失去了工作，就一切都没有了，我没办法，就去投奔了我先生的姐姐、姐夫，我想顺便也可以打听我先生的消息。我先生的工作是他的姐夫介绍的，他的姐姐在家里可以说是"姑奶奶"，是贵客，我是辈分最小的小媳妇，因此我要做一切的事情。我先生的姐夫的姐姐生了孩子，我要从我们住的地方走到外面的市区，去买蹄膀肉回来炖汤，看孩子。我的老师顾随先生在1946年7月13日曾经在写给我的书信中说：

……假使苦水（顾随先生笔名）有法可传，则截至今日，凡所有法，足下已尽得之。此语在不佞为非夸，而对足下亦非过誉。不佞之望于足下者，在于不佞法外，别有开发，能自建树，成为南岳下之马祖；而不愿足下成为孔门之曾参也。然而"欲达到此目的"，则除取径于蟹行文字外，无他途也。……

我的老师希望我成为"南岳下之马祖"，当他听说我做那样打杂的工作，很替我悲哀。他说，没想到我在台湾会过那种日子。我先生的姐姐家里只有两间卧室，他姐姐、姐夫一个卧室，他姐姐的婆婆带两个孩子住另一个卧室，我们当然没有卧室，也没有床铺。我带着吃奶的女儿等人家都睡了，就在走廊上铺个毯子休息。我女儿吃我的奶，还算很简单。第二天，人家午睡，我的小孩难保不出声音，我就带着女儿在外边的树底下徘徊，等人家睡醒了，我再回来。这就是我当年所过的生活。1950年我写了一首诗《转蓬》，这首诗当年没有在台湾发表过。因为那时还处在白色恐怖之中，我觉得不能讲，讲出来也不好。原诗及序如下：

> 1948年随外子工作调动渡海迁台，1949年冬长女生甫三月，外子即以思想问题被捕入狱。次年夏余所任教之彰化女中自校长以下教员六人又皆因思想问题被拘询，余亦在其中。遂携哺乳中未满周岁之女同被拘留。其后虽幸获释出，而友人咸劝余辞去彰化女中之教职以防更有他变。时外子既仍在狱中，余已无家可归。天地茫茫，竟不知谋生何在，因赋此诗。
>
> 转蓬辞故土，离乱断乡根。

已叹身无托，翻惊祸有门。

覆盆天莫问，落井世谁援。

剩抚怀中女，深宵忍泪吞。

"转蓬辞故土，离乱断乡根"，是说我就如同被风吹断的蓬草，离开我的故土，随风飘转。当时台湾和大陆无法通消息。在离乱之中，我回不到故乡去。"已叹身无托，翻惊祸有门"，我已经托身无所，人家说祸福无门，我说这个祸真是有门，我们没招它，它就来了……像我一个从来不懂政治的人，怎么会有思想问题呢？却也被拘捕。台湾的白色恐怖时期非常可怕，如果说你有思想问题，所有你的亲戚朋友就都不敢跟你往来了，因为怕惹上麻烦。我所写的都是事实。

"覆盆天莫问，落井世谁援"，即人们常说的，戴盆何以望天，好像头上扣了一个盆，看不到青天，看不到光明。正如我在台大讲《伯夷列传》时说的："倘所谓天道，是邪？非邪？"有天道还是没有天道？为什么我平白无故碰到这样不幸的事情？你掉在井中，谁会伸一把手呢？没有人愿意沾惹上有思想问题的人。"剩抚怀中女，深宵忍泪吞"，我现在只有跟我相依为命的一个女儿，我抱着我吃奶的女儿，深更半夜，眼泪只能往腹中吞落。这是我在台湾所写的诗，也是我在台湾的一段真实的经历。

幸而我没有长久处于这种困苦之中，总算是很幸运地度过了这一段艰苦的日子。暑假过后开学了，我的堂兄原来在台南的一所私立女子中学教书，他找到一个待遇更好的中学，就不在那里教书了，他就介绍我去了。我是"有思想问题"的人，因为怕有记录，我不敢到公立中学去教书，就到一所私立女子中学去教书。我没有工作，又不能一直在人家家里打地铺，我带着我的女儿就去了台南光华女子中学。我先生三年音信全无。我一个年轻的女子，带着吃奶的孩子，三年不见先生出现，所有的同事都用很奇怪的眼光来看我。我什么都不讲，如果说我先生被关起来了，当时是白色恐怖时期，那还得了。

我在台南有一个宿舍，那个宿舍是什么样的呢？台南的光华女中，学生的宿舍跟老师的宿舍是一样的，就是一大排房子，室内中间是水泥地，两边是草席，我就带我的女儿在草席上睡。后来，我还是买了一个竹床。一天晚上，起了很大的台风，我跟我女儿正在睡觉的时候，就听见外边大呼小叫。本来我带我女儿藏在竹床的底下，可是有人说起火了，我一看，窗户外边有火光，我就抱着我女儿逃出来了，外边还下着大雨。起火的原因是学校对面的军队驻地的屋顶漏雨了，他们为收拾东西，就点了一根蜡

1950年代在台湾

烛。结果屋顶掉下来，蜡烛就给烧着了，幸亏没有烧到我们这里。艰难、困苦甚至灾难（除台风外还有地震）我都经历过。

台南有一个特色，台南火车站前面马路两边有非常高大的凤凰木，树木枝叶茂密，火红的花朵真是漂亮，给我留下了很深的印象。1951年我写了一首词《浣溪沙》：

一树猩红艳艳姿。凤凰花发最高枝。惊心节序逝如斯。　　中岁心情忧患后，南台风物夏初时。昨宵明月动乡思。

每年凤凰花一开，一年就过去了。我们学校的学生就到了毕业的时候。其实那年我才二十七岁，因饱经患难，已经是中岁的心情。台南美丽的凤凰花开了，可我哪年才能回到我的故乡！我怀念那些美好的童年时光，想念我的亲友、我的老师、我的同学，以及北京我熟悉的一切。那时候连信都不敢写，怎么会知道什么时候才能回去。

二

三年以后我先生出来了，那证明他的思想也没有问题。我一直喜欢教书，也教得还可以，我从前在彰化女中的一个同事当时到台北二女中教书，她问我，愿不愿意到台北来教书？我说："好。"而且我跟她提要求，我说："你要叫我来台北教书，最好给我先生也找一个工作。我先生没有工作，他曾经在海军被关过，出来什么工作都没有。"她就回信告诉我："你到二女中教高中国文，你先生到汐止二女中分部去教书。"

我到台北以后，遇见我当年的老师。我原来是北平辅仁大学毕业的，现在有两位辅仁大学的老师在台湾大学教书，一位是戴君仁老师，曾经教我大一国文；一位是许世瑛老师（字诗英），许先生是我们家的邻居，曾租住过北平西城察院胡同我们家大四合院外院五间南房。许世瑛先生的父亲许寿裳先生是鲁迅先生的好朋友。许寿裳先生在《哭鲁迅墓》一诗中说："身后万民同雪涕，生前孤剑独冲锋。丹心浩气终黄土，长夜凭谁叩晓钟。"台湾光复以后，许寿裳先生到台湾。1948年的一天晚上，许寿裳先生突然被人杀死了，到现在也不知道原因。报纸上说，有小偷来偷东西，被许先生发现，后来小偷把许先生杀死了。许世瑛先生在我们老家南院住的时候我上中学，我从小就不大爱出去玩，也没有交什么朋友，我就喜欢吟诵，不仅是诗要用美读的办法来吟诵，古文也大声地朗读。不管是念古文还是念诗，都是大声来念，所以许世瑛先生听过我吟诗、朗诵，这给他留下很深的印象。我后来又考上辅仁大学，他教辅仁大学男校，因此也很熟。我见到以前的老师以后，他们就说，叶嘉莹当年念书念得不错，没想到她命运这样坎坷。那时台湾刚刚光复不久，台大要找一个国语说得标准的人来教大一国文。我别无所长，至少国语是标准的。

1954年秋天，我在老师推荐下到台大教大一国文，教了一年，台湾大学就给了我专任。台北二女中校长是王亚权，她对我说："你既然教了高中一年级国文，你一定要把学生们送到高三毕业，联考每科分数都很重要。"因此我就把她们教到了高中三年级毕业。才轻松下来，当时淡江大学成立，许世瑛先生做中文系主任，他说："现在你的工作不忙，二女中的工作你辞掉了，就来淡江大学兼些课吧。"过了两年，我的母校辅仁大学复校，戴君仁先生做了中文系主任，他是我大一国文的老师，他说："你不能不到母校来教书啊！"这样我就教了三个大学。我在台大除了大一国文以外，还教过历代文选、诗选，教过杜甫诗，可是都不是同时，总是两门课，比如说大一国文跟历代文选，或者诗选跟杜甫诗。淡江大学让我教的有诗选、词选、曲选。后来，我还在台湾教育电台、电视台讲过古典诗词。

20世纪60年代，我非常青涩、害羞、拘谨。温哥华有位朋友访问台湾诗人痖弦先生，据痖弦先生回忆，他在台

台大文学院正门

湾一个电影院看电影，中间休息等候换片的时候，他看见一个女子站在那里好像空谷幽兰一般，影院里人来人往非常吵闹，可那个女子却好像完全沉浸在自己的世界之中，对周围的一切视而不见。他在心里数遍了台湾社交场合常见的女作家、女学者，发现自己从来没见过这个人。当时他心里就想：莫非是叶嘉莹吗？那位朋友就问痖弦："你当时为什么不过去打个招呼认识一下？"他说，叶嘉莹的样子意暖神寒，我哪里敢冒昧去问。几十年后，我在温哥华遇见痖弦先生，他才验证了这件事。那确实是我，我看电影也是独来独往的。那时我也非常瘦弱，从忧患苦难之中走过来，我体重不到一百磅，很多同学说："我们都不敢拉你的手臂，怕拉断了。"我带着学生去郊游野柳，1961年，我在台北写了《郊游野柳偶成四绝》：

　　岂是人间梦觉迟，水痕沙渍尽堪思。
　　分明海底当前见，变谷生桑信有之。

　　挥杯昔爱陶公饮，避地今耽海上云。
　　病多辞酒非辞醉，坐对烟波意自醺。

　　敢学青莲笑孔丘，十年常梦入沧洲。
　　头巾何日随风掷，散发披裘一弄舟。

1955年在台北"浸信会"教会教主日学

潮音似说菩提法，潮退空余旧梦痕。

自向空滩觅珠贝，一天海气近黄昏。

小的时候在家里，我伯父过年过节常说，喝点酒吧。可是后来我真不敢喝，因为到了台湾我得了气喘病，我先生常常说："你晚上回家半夜气喘睡不着，你第二天怎么能一口气上三个小时课？"我虽然有气喘，但我仍然教了很多课。我现在九十多岁，一个人在家里走路都跟跟跄跄，但我还能站两个小时，对于教书，我真是特别有热情。我是真的气喘，后来就吃药，有一个医生给我吃了激素，激素本来不能随便吃，可那时候我实在是骨瘦如柴，吃了激素后，好了一点。到了北美后，我的气喘就完全好了。可是留下一个毛病，我的肺特别不好，容易感冒。因此，我在诗中说："病多辞酒非辞醉，坐对烟波意自醺。"

"十年常梦入沧洲""头巾何日随风掷"，是说我现实的生活很压抑，我梦想着有一天能脱离这些枷锁和苦难，自由自在地生活。到了黄昏，我们要回去了。两个女儿对我说："妈妈，你到海边给我们捡一些贝壳回来吧。"我就帮她们去捡贝壳。我的诗词绝对是我亲身的感情和经历。我不作那些虚伪的诗，也不作你赠我一首我赠你一首那样的赠诗。

1960年代在台湾

1965年与台大中文系毕业生合影，第一排左六为戴君仁，左八为台静

左十为郑骞，右二为叶嘉莹，右三为许世瑛。

我喜欢诗词，也会梦见诗词。有时候就梦见我在上课，在给学生讲一首诗，或者讲一副对联，我醒的时候还记得，就赶快记下来。有时候我梦里作了一首诗，醒了不记得全诗，就记得其中一句，这是"梦中得句"。梦里边的句子不是显意识的，不清楚自己要说什么，是糊里糊涂就冒出两句诗来，我觉得这两句也还可以，醒来以后再凑两句就是绝句。不过显意识清清楚楚写的句子跟梦里边朦朦胧胧的句子，前后情绪是对不上的。凑出来的诗都不大对。我想李商隐的诗也是说不明白的，所以我就杂用义山诗，写了《梦中得句杂用义山诗足成绝句三首》，第一首诗是：

> 换朱成碧余芳尽，变海为田凤愿休。
> 总把春山扫眉黛，雨中寥落月中愁。

"换朱成碧余芳尽，变海为田凤愿休"，这是我梦里边的句子，梦里边是无意识的。朱红色的花都换了一树的碧叶。万紫千红都零落了，现在已经绿树成荫了。当时我真觉得自己也是"换朱成碧余芳尽"。我是没有在春天生活过就到了秋冬。说没有春天是因为我小时候不但是关在门里长大，而且是处在抗战的沦陷区，我没有经历过少女的春天。新婚本应该美满快乐，而我刚刚结婚就碰到白色恐怖，我生活在忧愁患难中，真的是没有春天的人。

李商隐在《寄远》一诗中说："何日桑田俱变了，不教伊水向东流。"人间沧海桑田，有多少遗憾能够挽回？在我的生平中，过去的遗憾都没有办法挽回。后面我就凑不出来，所以只好用了李商隐《代赠二首》其二和《端居》中的句子。不管李商隐的诗句"总把春山扫眉黛""雨中寥落月中愁"原来要说什么，我是说自己的生活和感情。现实生活的一切都落空了，但是我追求的心意仍在，我对于诗歌的爱好，对于那些美好事物的感情没有改变。但我追到了吗？我所面对的是"雨中寥落月中愁"。

第二首诗是：

> 波远难通望海潮，朱红空护守宫娇。
> 伶伦吹裂孤生竹，埋骨成灰恨未消。

"波远难通望海潮，朱红空护守宫娇"是梦中得句。古人曾经说，"托微波以通辞"，就是说距离很遥远，借着海浪的微波，把我的消息传到你那里。我在另一首词中也提到一个美丽的传说，远古时代当海洋没有被污染以前，大洋此岸的蓝鲸就可以传语给大洋彼岸的蓝鲸，但是我真的能够在海潮的升落中传递微波吗？我的现实是"波远难通望海潮"。

"朱红空护守宫娇"中的朱红即朱砂的红，古人有个传说，喂守宫（即壁虎的一种）朱砂，然后把血刺在手臂上，贞洁的处女就留下红色印记。如果失去贞洁，朱红的印记就消失了。虽然是"波远难通望海潮"，但是我"朱红空护守宫娇"，我自己对弱德之美的持守不会改变，也不放弃，尽管保护它也不见得有什么好处，也许还会为了保护朱红遭受很多苦难。

"伶伦吹裂孤生竹""埋骨成灰恨未消"是李商隐的诗《钧天》和《和韩录事送宫人入道》中的句子。"伶伦吹裂孤生竹"中的"伶伦"，是古代一个会吹笛子的人，"上帝钧天会众灵"，是说天宫有音乐会，可是地面上的伶伦吹裂了孤生竹，上天也没有听见，埋骨成灰，遗恨都不能消灭。

第三首诗是：

> 一春梦雨常飘瓦，万古贞魂倚暮霞。
> 昨夜西池凉露满，独陪明月看荷花。

李商隐有《重过圣女祠》一诗云"一春梦雨常飘瓦，尽日灵风不满旗"；又有《青陵台》一诗说"青陵台畔日光斜，万古贞魂倚暮霞"。"一春梦雨常飘瓦""万古贞魂倚暮霞"，都是李商隐的诗句。"昨夜西池凉露满"，还是李商隐《昨夜》一诗中的诗句，只有"独陪明月看荷花"是我写的句子。

台静农先生（1903—1990）

我于1954年经许世瑛先生推介进入台湾大学教书。当时台静农先生是中文系主任，他身边常有一些弟子围绕左右，而我则是一个外来的中文系教师，所以颇存自外之心，何况我年轻时性情羞怯，因此从来不曾到台先生府上做过私人拜访。直到20世纪60年代，有一天台先生忽然打电话来，要我到他家中去一趟。原来，那是因为不久前，台大中文系郑骞教授的夫人逝世，郑先生是我的老师顾随先生的朋友，郑师母曾经在他们家中热情接待过我。当时郑先生的母亲还在，我尊称她为太师母，郑先生的女儿不过十余岁，就称我为叶大姐。所以当郑师母去世时，我就写了一副挽联，上联写的是"萱堂犹健，左女方娇，我来十四年前，初仰母仪接笑语"，下联写的是"潘鬓将衰，庄盆遽鼓，人去重阳节后，可知夫子倍伤神"。台先生见到这副联语后，认为我写得不错。

　　不久后，台大中文系董作宾先生逝世，台先生就叫我代拟了两副联语，一副是代台大中文系全体师生拟写的挽联，上联写的是"简拾流沙，覆发汲冢，史历溯殷周，事业藏山应不朽"，下联写的是"节寒小雪，芹冷璧池，经师怀马郑，菁莪在泮有余哀"。还有一副是代台先生私人拟写的挽联，上联写的是"四十年驹隙水流，忆当时聚首燕台，同学少年，视予犹弟"，下联写的是"三千牍功成身逝，痛此日伤心海上，故人垂老，剩我哭君"。

从此以后，台先生遂经常打电话来，要我替他写一些联语，有挽联也有贺联，前后约有十副以上之多。一般情况是他打电话把我叫去后，向我介绍一些与要写之联语相关的情况，我回来拟写好了以后，再送去听取他的意见。

总体说来，他对我拟写的联语大多是奖勉有加，只有一次提出了一点小小的意见。那是于右任先生逝世时，台先生要我代他写一副挽联。我拟写的联语，上联是"生民国卅三年之前，掌柏署卅三年之久，开济著勋猷，朝野同悲国大老"，下联是"溯长流九万里之远，抟天风九万里之高，淋漓恣笔墨，须眉长忆旧诗人"。我曾与台先生商讨下一联的末一句是用"须髯"还是用"须眉"。于右任先生以美髯著称，所以本来我想用"须髯"，而台先生性格通脱，以为不必如此拘执，不如径用"须眉"似更为浑成。如此，我与台先生熟识以后，就逐渐消除了羞怯之感。

有一次和他谈起来我睡梦中的一些诗句和联语，台先生听了后，极感兴趣，而且告诉我，他早年也曾在梦中梦到过诗句。不过，台先生在生前从来不把他的诗作示人，所以他也未把梦中的诗句告诉我，但却要我把梦中的诗句和联语告诉他。当时，我因为梦中的诗句只是断句，所以未曾写下来，但我梦中的联语则是完整的，于是我就在一

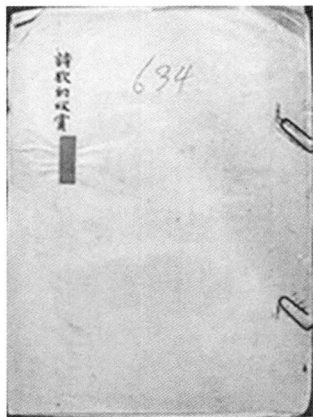

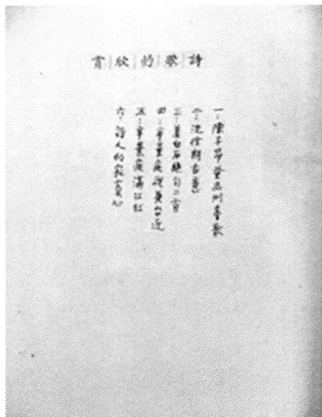

台静农先生装订的叶嘉莹文稿封面、目录、内页

室通人遐楊柳多情偏怨別

雨餘春暮海棠憔悴不成嬌

嘉瑩夫人夢中得句 命為書之

戊戌七月 靜農於臺北龍坡里之歇腳庵

台静农先生手书
叶嘉莹梦中联语

张纸上写下了这一副梦中的联语。谁想到过了十来天，台先生竟然亲自把这一副联语写成了一幅书法，而且用压镜的方式把这一副联语镶嵌进了一个宽约35厘米、长约75厘米的美丽镜框之内送给了我。我的梦中联语，上联是"室迩人遐，杨柳多情偏怨别"，下联是"雨余春暮，海棠憔悴不成娇"。台先生在上款题写的是"嘉莹夫人梦中得句，命为书之"，下联落款写的是"静农于台北龙坡里之歇脚庵"。上联右下方钤有一方肖形图印，下联落款处则钤有一个阴文、一个阳文的上下两方台先生字号的小印。联语用金色细绫装裱，镜框则配用的是金漆而镶有一条黑色直线的边框，整体的色调显得珍贵而秀美。

至于台先生的书法则写的是带有隶书风格的行楷，上下联左右之间留有约2厘米的间距，至于字与字之间的行气，则写得神贯而形离。整体看来疏朗中有绵密之致，端秀中见英挺之姿，既有行楷之逸畅，又兼隶体之端凝，与台先生平日常以行草书写的风格颇有不同，是一幅极见用心之作，是我平生所收受的友人馈赠之书法中最为喜爱的一幅作品。2010年12月，我在温哥华家中客厅和起居室所悬挂的几幅书画被盗窃一空，其中就有这幅书法作品。

第三篇

鹏飞谁与话云程

一

后来我为什么到了哈佛？天下的事情难以预料。20世纪50年代，外国人学汉学，不能去大陆，因为大陆跟西方的资本主义社会没有来往，他们都到台湾来学古典文学。我在台湾教了很多年书，北美的一些想学汉学的人就到台湾来听我的课。听了我的课以后，他们就提出来要把我交换出国。在一次谢师会上，校长钱思亮先生走过来跟我说："叶先生，我们台大已经同意了把你交换到密歇根大学，现在你要准备去补习英文。"那是1965年的事情。美国当时有在华基金会办的补习班，每个星期六的早晨，我都去补习英文。补习班的老师是一个美国人，他不会说中国话，课本是讲英文会话的《英语900句》。我从小就会背书，因此，我就背得很熟练。美国在华教育基金会的负责人是台大历史系的刘崇铉教授，他说："叶先生你知道吗？你考了全班的最高分，平均98分。"

除了考试，当时还找了哈佛大学的海陶玮（James R. Hightower）教授来面试。要出国的二三十个人都要去面试。当天晚上，刘崇铉教授说要请我吃饭，我就去了。去了就见到面试的海陶玮先生，他说："你能不能跟钱校长说，派另外一个人交换到密歇根，你就到哈佛来吧。"我说，试一试吧。我去找钱校长，钱校长说："不可以的，学校已经跟密歇根大学签约了，你就一定要去。"我就跟海陶玮先生说了结果。他说："这样好了，密歇根9月开学，6月台大就放假了，你先到哈佛来两三个月，我们合作两三个月，然后你去密歇根大学，教完一年不要延期，你第二年就到哈佛来做professor。"我答应了他。于是1967年7月我就如约又回到了哈佛大学。这一年我除教学外，与海教授又合作完成了两篇文稿，一篇是海教授撰写的《论陶渊明诗中之用典》，一篇则是我所撰写的《论常州词派的比兴寄托之说》。

我一到美国就与哈佛最好的学者合作，并且参加了美国最高层的学术会议。曾经有个记者问我："在你九十多年的生命之中，如果能回到过去的一段时光，你最喜欢生活的日子是哪一段？"我说："是在哈佛的时候。"因为我在哈佛大学时，海陶玮教授真是特别优待我。当我写《王国维及其文学批评》这本书时，每天在图书馆工作。他就跟哈

1965年台大中文系毕业餐会，钱思亮校长与我谈交换赴美之事

佛燕京图书馆的人说："你晚上锁门，要特别允许叶嘉莹先生可以留在图书馆里继续工作。"

你们知道我在哈佛大学过的是什么样的生活吗？我早上两片面包、一杯麦片，中午我带一个三明治，然后到哈佛大学再买一个汉堡包，这就是我的午餐和晚餐。下午五点钟以后，所有的老师和同学都走了，图书馆的门关了。在四壁都是书的图书馆里，我一个人可以工作到任何时间，那真是最美好的时光。我这个人喜欢工作，我在哈佛时，工作的环境好，允许我在哈佛燕京图书馆工作到深夜，而且窗前的风景也很美，我的窗前是一排美丽的枫树，夏天高大的枝叶随风起舞，秋天满树的嫣红的红叶，冬天树上覆盖着白雪。到了周末，我的学生会开着车带我到各地去旅游。香山的红叶很美，在美国的新汉普顿也是漫山遍野的红叶。因此，我说，我最喜欢哈佛的生活。

我虽然喜欢哈佛的生活，但是我的交换时间只有两年，我在密歇根大学和哈佛大学各教了一年书，马上就要回去了。海陶玮先生坚决挽留我。

1966年，我出国的时候，就把我两个女儿带出来。我先生在台湾被关了很久，他想要离开台湾到海外去。我在密歇根教了一年以后，就把我先生接出来。密歇根大学执教期满后，我就回到哈佛大学去教书。教了一年以后，虽然哈佛大学的海陶玮先生要求我就留在那里，但我坚持要回台湾，我说："我一定要回去是有两个原因：第一个原因，不管台湾政府对我怎么样，白色恐怖中怎么样关我，但是我到台湾大学、淡江大学、辅仁大学去教书，请我去的都是我的老师，我的老师当时同情我命运坎坷，介绍我到台湾大学教书，9月学校马上开学，三个大学至少有六门课程，临时说不回去，我对不起这些老师；第二个原因，我带着女儿，先生也接出来了，但我还有八十岁的老父亲，我怎么能把我老父亲一个人丢在台湾？"这样，海陶玮先生才让我回台把一切事情安排好，他希望我明年就到哈佛大学来。1968年秋天，我写了《留别哈佛》三首，其一如下：

> 又到人间落叶时，飘飘行色我何之。
> 日归枉自悲乡远，命驾真当泣路歧。
> 早是神州非故土，更留弱女向天涯。
> 浮生可叹浮家客，却羡浮槎有定期。

回到台湾第二年即1969年，哈佛大学就寄给我一张聘书。我就拿着我父亲的护照，到美国驻台"领事馆"去办理签证。"领事馆"的人说："你前两年走时，把两个女儿带出去，又把你丈夫也接出去，现在你要把你父亲接出去，这等于全家移民，不能给你签证。"就不给签证，那我就不能到美国去，可是这时候我先生没有工作，我先生只工作过一年，以后都没有正式工作。我两个女儿，一个念大学，一个念中学，当时的台币差不多四十多元才换一美元，我一个人在台湾教书养不起一家人。海陶玮先生说，你放弃旧护照，到加拿大办签证，你到了加拿大，再过来很容易。我把旧护照报废，来到了温哥华，那是台北到北美最近的一站。

二

到了温哥华，第二天我就到加拿大美国领事馆去办签证。领事馆的人看到哈佛的聘书就说，哈佛请你，你从台湾来，为什么不在台湾办签证？我不能给你签证，你要办，把护照留下来，回台湾去办签证。海陶玮先生很想把我留在北美，他说，UBC亚洲系主任是他很好的朋友，他打一个电话看有没有机会。于是，他就给UBC亚洲系主任蒲立本先生（E.G.Pulleyblank）打了一个电话，蒲先生一听就非常高兴，他说："我们亚洲系今年刚刚成立研究所，有两个美国加州大学伯克利分校（UC Berkeley）的学生，一个研究孟浩然，一个研究韩退之，我们正在发愁，有两个很好的美国学生来了，要写论文，都是研究中国古典诗歌的，我们没有找到导师，你来了太好了。可是除了担任研究所中两个会说中国话的洋学生的研究导师以外，还一定要教一门全校学生都可以选修的《中国文学介绍》（Chinese Literature in Translation）的大课，这一门课程是要从古代的《毛诗》一直教到当代的《毛泽东诗词》的各体中国文学的介绍，而且必须用英语讲授。"本来即使用中文来介绍这么悠久的中国历代文学，就已经不是一件易事，何况要用英语讲授。那个时候还没有那么多亚洲人到温哥华，所以很多人没有一点点中文背景（Chinese background）。我是日本统治时期的中文系毕业生，没有学什么英文，日文也没学好，我认为那是敌国的语言。所以我的英文并不高明，可是那时我们没有后退之路。我中文系毕业，一直用中文教书，但我没有办法，因为我上有八十岁的老父亲，下有一个念大学、一个念高中的女儿，我先生没有工作，那我怎么办？我就硬着头皮说："好。"总而言之，我就留在了温哥华。

我每天查生字查到半夜两点钟，第二天，我要去上课、看论文、看报告。我真是被逼出来。但是我很好学，会跑去旁听英国文学理论的课程，还看了一些讲文学理论（literary theory）的英文书。当时，我很喜欢朱丽娅·克里斯蒂娃（Julia Kristeva）的一本书《诗歌语言的革命》（*Revolution in Poetic Language*），后来我又看了她好多本其他的书，我觉得，Julia Kristeva真是一个了不起的、有感觉、有见地的人，她的理论引起了我的兴趣。《诗歌语言的革命》里有一段，朱丽娅·克里斯蒂娃说有一种叫做"chora"的音乐性的东西，当你的诗歌还没有成型的时候，"chora"的发动是它的基本。然后她就引了俄国诗人马雅可夫斯基的话。马雅可夫斯基说，当他在行走的时候，一边甩动他的手臂，口中有一种喃喃之声，然后他的诗句就伴随着这个声音出来了。我觉得中国的律诗就有一个rhythm，有一个tonal pattern，随着声音的发动，诗词就跟它出来了。

在台湾，我们还雇了一个人帮着洗衣做饭。到了海外，我很忙，我先生每天在家里就发脾气。一般五点钟一个电话打到我办公室说："该做晚饭了，你怎么还不回来？"我也不能吵架，我只说："对不起，我还在跟一个研究生讨论问题，还没有讨论完。"如果他在家里做了饭等我回来，就把锅丢在地上。我也不敢吵架，家人都上床睡觉了，我就在灯下查生字。我如果吵架，不查生字，明天谁去教书？谁养活这一家人？我是这样过来的。我讲了这样一些背景，再给大家讲我的诗歌。我现在要讲的就是《异国》，这是我到加拿大后写的第一首诗：

异国霜红又满枝，飘零今更甚年时。

初心已负原难白，独木危倾强自支。

忍吏为家甘受辱，寄人非故剩堪悲。

行前一卜言真验，留向天涯哭水湄。

诗中的"白"字按照诗歌的平仄一定要念"bò"。我刚才说过诗歌是韵文，因此平仄声调非常重要。"异国霜红又满枝"，即我来到加拿大第一年，人生地疏，这里当然是"异国"。秋天的时候，温哥华街道上到处都是红色的枫叶。"飘零今更甚年时"，"年时"就是前一年我在哈佛大学，我知道自己有一个地方可以回去，我的父亲在台湾，我的老师、学生、朋友也都在台湾。可是现在我已经别无退路。不用说大陆回不去，连台湾也回不去了，所以我说"异国霜红又满枝，飘零今更甚年时"。

诗中的"初心已负"一句，写的是我本来曾希望外子在美国能够找到一个工作，因为想要离开台湾到美国来，原是他的本意，要我把两个女儿带出来，也是他的意思。至于我自己，则本来打算仍留在台湾教书，每年可利用假期来美国与他们相聚。但外子既未能找到工作，我遂不得不违背初心，留在了北美，而且被迫要用英语讲课，每晚要查生字到凌晨，第二天再去用生硬的英语给学生们讲授那本来非常美妙的古典诗词，其劳苦和酸辛是可以想见的。我不是心甘情愿留在海外，我们中国的诗歌要用英文去教，这真是非常痛苦的一件事情。我本来是要回到台湾去教书，可是现在没有办法，我先生没有工作，他在台湾被关了那么久，不肯回台。"初心已负"，即我原来的愿望是回台湾的，但是已经辜负了初心。而我没有一个人可以告白、说明，甚至连台湾大学也不谅解我。他们说，叶嘉莹怎么出去不回来了。所以我说"独木危倾强自支"，好像一座楼只有一根柱子在支撑，我们全家只有我一个人在工作，我的辛苦、劳累，我查着生字去备课，我先生闲居在家对我的不满……一切真是"忍垢为家甘受辱"。

我后来得到UBC的正式职位，才在外边租了一个房子。"行前一卜言真验"，即我在离开台湾到加拿大以前，南怀瑾请人帮我占卜，我不迷信，也不是常常算卦的人。占卜的结果有"时地未明时，佳人水边哭"之言，初未之信，而抵加之后处境竟与之巧合。

这里边还有一个故事：我当时在辅仁大学教书，辅仁大学在新庄，我住在台北市。每天早晨有一个交通车，接我们台北的老师到新庄，跟我同车的一位教授是南怀瑾先生。南怀瑾先生每天跟我同车，我们都在文学院教书，在同一个休息室，下了课还同车回来。南怀瑾先生看过我写的一些诗词。其实我小时候就写，但我从来没有想成为一个诗人，我也从来没有想过要保存它。

最近加拿大有一个朋友出了一本英文翻译的《迦陵诗词选》，他选了一些诗词翻译，叫我写一篇序，我就写了一篇序言，我说："我从来没有想成为一个诗人，也从来没有珍视过我自己的诗词，就是'情动于中而形于言'。"我为什么有诗词稿？诗词稿之所以能留下来，是因为我离开老家北平时，把我在大学的诗词作业带了出来。我非常景仰教我作诗的老师顾随先生，因为我觉得我现在对于诗词有一点感受、理解，完全是顾随先生给我的启发。我在大学里的习作是用一笔一画的小楷写在格子纸上的，老师用朱砂笔在上面评改，我觉得这很珍贵，就把它带出来。等到我先生被抓，后来我也被抓，来抓我们的人就把我们家里所有东西都翻了一遍，有很多东西没能保存下来。他们一看这些旧诗词是用朱砂笔评改的，太古老了，就没拿走，我的诗稿就这样保存下来了。三年多以后，我先生被释放出来了，他没有工作，闲来无事就向我任教的私立中学借了钢板蜡纸把我那稿子印出来订成一个小小的本子。

后来我到台湾、淡江、辅仁三个大学教书，有一位淡江的同学说："老师你这个稿子都是手写，钢板印得不好看，我帮你整理一下。"他就把我的诗词做成一份打印的稿子。打印的稿子被南怀瑾先生看见了。南怀瑾先生说："你诗词写得不错，为什么不发表也不出版呢？"我说："我自己觉得没有什么好。"他说："我要介绍你去出版。"于是就把我一些诗词稿拿去交给商务印书馆出版了，成为《人人文库》中的一本小书。这是我第一次印刷诗词稿。

经过很多故事，我的诗词稿才得以保留下来。后来我还要感谢施淑女，她跟我念古典文学，不过后来改行念了台湾文学。她也曾经到UBC，常常到我们家来，跟我很熟，我在加拿大偶然写一些诗词都交给她看，她就帮我抄下来。

1970年春天，我写了《鹏飞》一诗：

> 鹏飞谁与话云程，失所今悲匍地行。
> 北海南溟俱往事，一枝聊此托余生。

在《鹏飞》一诗中，我用了李商隐的办法，头两个字就是"鹏飞"，我说"鹏飞谁与话云程，失所今悲匍地行"。《庄子》上说："北冥有鱼，其名为鲲。鲲之大，不知其几千里也。化而为鸟，其名为鹏。鹏之背，不知其几千万里也。怒而飞，其翼若垂天之云"，"抟扶摇而上者九万里"。我喜欢飞，当年我在台湾讲课的感觉就像鹏飞，鹏飞就是在天上、在云中自由行走。我到了加拿大，查着生字讲中

1970年代在哈佛燕京图书馆门前

国诗，我心里知道自己的痛苦，诗里有那么丰富、深刻的内涵，可是我的英文一时说不出来，我只能是昨天晚上怎么查的今天就怎么说。本来我是飞在天上，现在只能趴在地上爬行。《庄子》上说，北海有鱼是鲲，又变成鹏鸟飞到南溟，我在祖国大陆教过书，当然我也是用自己国家的语言教书，你想那是多么美妙的一件事情。但是"北海"我回不去了，当时大陆正处于"文化大革命"时期，我弟弟说："你幸好没有跟我联系，也没有回来，我都受到冲击被关了。""南溟"现在也回不去，因为台湾当局对我回大陆探亲也很不满意，因此我说"北海南溟俱往事"。那时我要在海外讲杜甫《秋兴八首》，说到"夔府孤城落日斜，每依北斗望京华"真是感动，因为我想，也许以后我也只能望着天上的北斗星想象我的故乡北平，我不知道哪一年才能回去。据《庄子·逍遥游》，"鹪鹩巢于深林，不过一枝"。鹪鹩为了生活，在一个细小枝叶上做个小的巢。我飘零在海外，拿英文给人家讲中国诗，真是"一枝聊此托余生"。

1970年暑期，我又回到了哈佛大学，与海陶玮先生继续我们的合作研究。那时我的工作主要是完成有关王国维及其文学批评的研究，而海教授则因为与我合作的缘故，而引发了他对于宋词研究的兴趣。白天我与他一起读词，

1970年代在哈佛燕京研究室

晚间则我一个人留在哈佛燕京图书馆继续我对王国维的研究写作，海先生甚至向图书馆争取到了我晚间在图书馆内使用研究室工作的特权。所以此一阶段我们合作的工作进行得极为顺利，而且在1970年的12月，我们曾共同应邀赴加勒比海的维尔京岛参加了一次有关中国文学评赏途径的国际会议，我所提交的就是由海先生协助我译成英文的《论常州词派的比兴寄托之说》的文稿。当时来参加会议的学者，除了欧美的多位名教授以外，还有日本的吉川幸次郎教授。会议余暇，在谈话中他们问起了我有什么诗词近作，我就把1968年夏我所写的《留别哈佛》三首七律写出来向大家求正。一时引起了吉川教授的诗兴，他次日上午就写出了三首和诗。美国威斯康星大学的周策纵教授也立即写了三首和诗，一时传为佳话。有人把这些诗抄寄给了美国的顾毓琇教授，顾教授竟然也写了三首和诗。诸诗都已被收录在中华书局出版的《迦陵诗词稿》中，读者可以参看。当时吉川教授的和诗中曾有"曹姑应有东征赋，我欲赏音钟子期"之句，表现出想要邀我赴日本的心意，而我因初到加拿大任教，要用英语教学，工作甚重，而且有老父在堂，不敢远行，所以未能赴日本讲学。吉川先生的愿望，直到十三年后才由九州大学的冈村繁教授完成。自此以后，我的词学研究引起了北美学术界的注意。

1970年在美国维尔京岛出席学术会议时与哈佛大学亚洲系主任
海陶玮教授（右）、法国侯思孟教授（左）合影

我在UBC有了工作以后，我先生跟两个女儿还是在美国，两个家的费用我也难以支撑，所以我就把他们接过来。我大女儿已经念了大学，而且她很能干，她自己申请转学，就从密歇根大学转到UBC来了。我的小女儿在念中学，我想在UBC附近找一个公立中学，但我不是加拿大公民，我的女儿没有资格念公立学校，我就给小女儿找了一家私立中学。我先生既不是学生又没有工作，他过不来。我就去移民局申请，想让他以我的眷属身份过来，当时的加拿大妇女地位很低，我先生不能作为我的眷属到加拿大。移民局的人说，连你都是你先生的眷属，他不能以你眷属的身份申请来加拿大。UBC亚洲系主任真是有心要留我，我就跟他说："如果我先生不能过来，我也就不能留下来。"他想，我现在已经到了温哥华安定下来了，担心我跑回到哈佛大学去，因此他就给我想了一个办法，让我先生以研究助理（research assistant）的名义来到温哥华。"研究助理"是一个空头衔，刚到加拿大我依然是无家可归，亚洲系把我安排在一个人家的地下室暂时居住。那家人又不是老朋友，非亲非故的，跑到人家地下室居住，所以我说"寄人非故剩堪悲"。

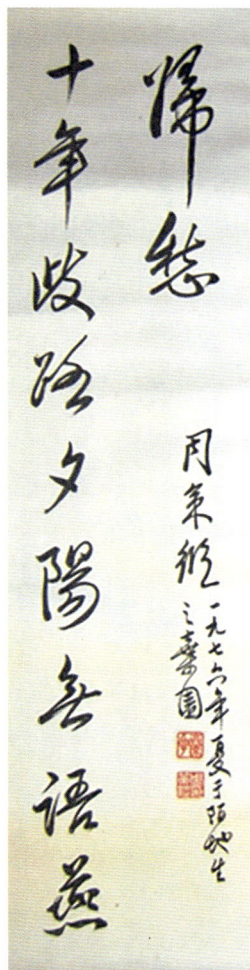

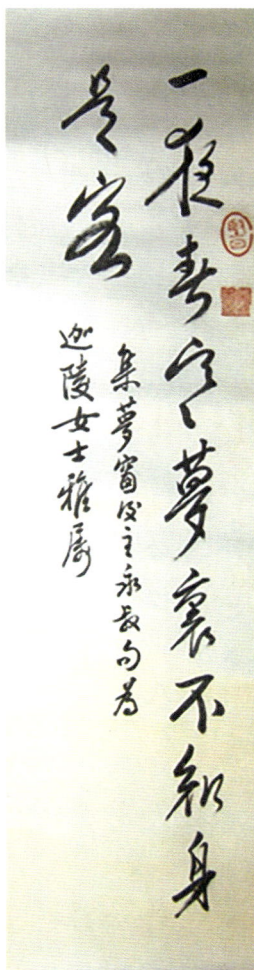

周策纵书赠叶嘉莹集
唐宋词联语

三

加拿大跟中国建立邦交后，我就申请回国探亲，因为我跟两个弟弟已经分别了三十年之久，我父亲被我接到加拿大，后来在加拿大去世。我回到祖国探亲的时候，台湾当时不开放，台湾对于我回到大陆去探亲很不满。就在《联合报》登了半版，大标题是："叶嘉莹你在哪里？"柯庆明老师当时办《文学杂志》，跟我要稿子，我给了他稿子，都排好了，台湾有关机构说叶嘉莹的稿子不能登，要拿下来。有一段时间，台湾对我是拒之门外的，我的稿子不能登，我也不敢回台湾。我1969年离开台湾，二十年没有回去过。要了解一个人，"颂其诗，读其书，不知其人，可乎？是以论其世也"。所以要知道我这一段的生活背景。

我父亲出国时已经八十岁，过了一年，1971年我父亲去世。我母亲抗战时去世，当时我写过《哭母诗》，父亲去世，我写了《父殁》：

> 老父天涯殁，余生海外悬。
>
> 更无根可托，空有泪如泉。
>
> 昆弟今虽在，乡书远莫传。
>
> 植碑芳草碧，何日是归年。

1970年与父亲在温哥华海滨合影

到台湾的时候，我想我回不去我的老家北平，现在我到了加拿大，连台湾都回不去了，我真是离乡背井、无家可归。我知道两个弟弟应该还在老家，可是我不敢给弟弟写信，弟弟也不敢给我写信。父亲去世，我买了一块墓地，立了碑。我父亲葬在加拿大很美丽的一片墓地，叫海景公园（ocean view）。我不知道哪一天才能回到祖国。

《迦陵诗词稿》中有一首长诗，其实也是写我的人生经历。在诗中我说：我去台大教书是经许世瑛（诗英）、戴君仁两位先生推介。1972年，许先生去世。我在加拿大，台湾也回不去，我写了《许诗英先生挽诗》，这是一篇七言歌行，诗如下：

> 海风萧瑟海气昏，海上客居断客魂。
> 日日高楼看落照，山南山北白云屯。
> 故国音书渺天末，平生师友烟波隔。
> 忽惊噩耗信难真，报道中宵梁木圮。
> 先生心疾遽不起，斯文绝学今长已。
> 白日犹曾上讲堂，一夕悲风黯桃李。
> 我识先生在古燕，卅年往事去如烟。
> 当时丫角不更事，辜负家居近讲筵。
> 先生怜才偏不弃，每向人前多奖异。

侥幸题名入上庠，揄扬深愧先生意。

世变悠悠几翻覆，沧海生桑陵变谷。

成家育女到海隅，碌碌衣食早废读。

何期重得见先生，却话前尘百感并。

万劫蟫痴空恋字，三春花落总无成。

旧居犹记城西宅，书声曾动南邻客。

小时了了未必佳，老大伤悲空叹息。

先生不忍任飘蓬，便尔招邀入辟雍。

有惭南郭滥竽吹，勉同诸子共雕虫。

十五年来陪杖履，深仰先生德业美。

目疾讲著未少休，爱士推贤人莫比。

鲤庭家学有心传，浙水宗风一脉延。

遍植兰花开九畹，及门何止士三千。

问字车来踵相接，记得当年堂上别。

谓言后会定非遥，便即归来重展谒。

浮家去国已三秋，天外云山只聚愁。

我本欲归归未得，乡心空付水东流。

年前老父天涯殁，兰死桐枯根断折。

更从海上哭先生，故都残梦凭谁说。

欲觅童真不可寻，死生亲故负恩深。

未能执绋悲何极，更忆乡关感不禁。

前日寄书问身后，闻有诸生陪阿母。

人言师弟父子如，况是先生德爱厚。

小雪节催马帐寒，朔风隔海亦悲酸。

梦魂便欲还乡去，肠断关山行路难。

"海风萧瑟海气昏，海上客居断客魂"，因为温哥华是在海边。"日日高楼看落照，山南山北白云屯"，我在温哥华的教室可以看远山远海，一朵一朵的白云。"故国音书渺天末，平生师友烟波隔"，老家北平我回不去，台湾也回不去。"忽惊噩耗信难真，报道中宵梁木圮"，我接到台湾的信说许先生去世了。"先生心疾遽不起，叔重绝学今长已。白日犹曾上讲堂，一夕悲风黯桃李"，许先生是心脏病突发，上午还去上课，下午就去世了。"我识先生在古燕，卅年往事去如烟"，我认识他是在我的老家，三十年过去了。"当时丫角不更事，辜负家居近讲筵"，我当时是一个十几岁的害羞拘谨的女孩子，我碰见许先生，只是赶快给他鞠个躬，什么话都不敢讲。"先生怜才偏不弃，每向人前多奖异。侥幸题名入上庠，揄扬深愧先生意"，许先生在辅仁大学常常替我宣传，说这个叶嘉莹我从小就认得，怎么好学，怎么念书，怎么背诗，我在辅仁大学读书总是蒙他夸奖，我很感谢许先生，所以我说："侥幸题名入上庠，揄扬深愧先生意。"

"世变悠悠几翻覆，沧海生桑陵变谷"，从沦陷到胜利，从大陆到台湾，真是"沧海生桑陵变谷"。"成家育女到海隅，碌碌衣食早废读"，我早年写了很多诗，而我在台湾写诗写得最少，在白色恐怖时期，我不敢随便乱写诗，所以我说："成家育女到海隅，碌碌衣食早废读。"其实我经过很多忧患苦难，"何期重得见先生，却话前尘百感并。万劫蟫痴空恋字，三春花落总无成"，我没有想到我在台北又遇见许先生，回忆我当年在北平读书，讲到许先生在我们家做邻居，真是"却话前尘百感并"。"万劫蟫痴"中的"蟫"是书虫子，专门吃书页。我说自己就像那个吃书的虫子，就是喜欢看书，喜欢诗词，那是我的天性。一切都变了，"沧海生桑陵变谷"，只有我对诗词的喜爱到现在没有改变。

我那时从来没有想过我要出书、成为学者……一切我都没有梦想过。我写了一首词，其中有一句是"眼前何事容斟酌"，眼前哪一件事情能让我选择呢？只要我能养活一家人就好。在海外，我写出了第一本专著《王国维及其文学批评》，我为什么写王国维？王国维痴迷叔本华悲观主义哲学，我非常感动。王国维曾经写过一首词《水龙吟·杨花》，红红的桃花是一树树的，菊花也是一朵朵的，你什么时候看见满树的杨花？没有。杨花不停留，只要一开就飞，一开就落。你没有看见杨花开，转眼之间它就已经落了。我读到王国维先生的诗词很感动，觉得自己就像杨花一样没有开就落了，我的人生正是王国维先生词中所讲的"开时不与人看，如何一霎濛濛坠"。

我的老家就在北京西单牌楼西边，民族饭店的斜对面，所以是"旧居犹记城西宅，书声曾动南邻客"，我吟诗背书的声音感动了许先生，他是南邻客。"小时了了未必佳，老大伤悲空叹息"，小的时候大家都认为我读书读得很好，我在中学总考第一名，大学也常常考第一名，但我命运坎坷，那时有老大徒伤悲之感。

我饱经忧患，"先生不忍任飘蓬，便尔招邀入辟雍。有惭南郭滥竽吹，勉同诸子共雕虫"，许世瑛先生不忍心让我做一个零落的飘蓬，把我介绍到台大。"有惭南郭滥竽吹"，大家都知道南郭先生不会吹竽，但那时有一大队吹竽的人，他滥竽充数，拿个竽去装模作样。我说我就是混在台湾大学的老师里的南郭先生，"勉同诸子共雕虫"，即我只是教诗选，教学生平仄格律、诗选及习作。"十五年来陪杖履，深仰先生德业美。目疾讲著未少休，爱士推贤人莫比"，自从许先生把我介绍到台大去教书，我跟许先生共事有十五年（1954—1969）之久，所以我说"十五年来陪杖履"。我

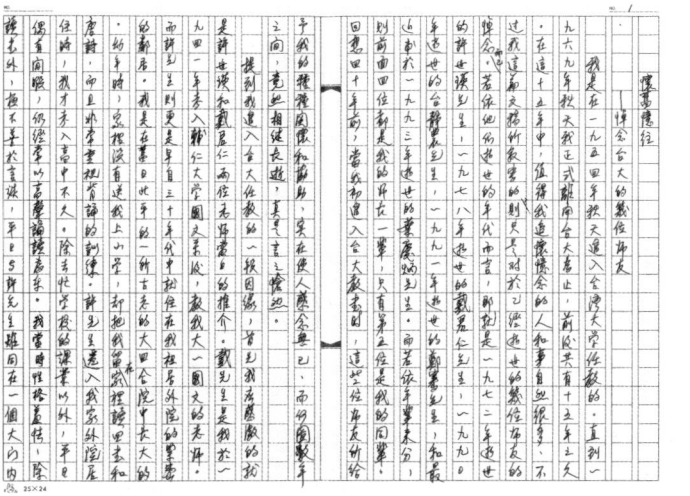

《怀旧忆往——悼念台大的几位师友》手稿

"深仰先生德业美"，许先生的品德、学问都好。凡是上过许先生课的人都知道，他虽然眼睛近视得厉害，但从来没有停止过教书，在他临死之前的那一天上午还在上课，因此我说"目疾讲著未少休"。而且他"爱士推贤人莫比"，许先生非常热心地帮助学生。我没有亲自听过许先生的课，不是他亲自教过的学生，只因为他做过我的邻居，听到过我念书，他还把我介绍到台大去了。

"鲤庭家学有心传，浙水宗风一脉延。遍植兰花开九畹，及门何止士三千"，许世瑛先生教了很多学生，"遍植兰花开九畹"，孔子弟子三千，我说许先生不止弟子三千。"问字车来踵相接，记得当年堂上别"，当年要到北美去，我跟许先生道别时"谓言后会定非遥，便即归来重展谒"，因为我交换到密歇根执教两年，我说马上就回来。"浮家去国已三秋，天外云山只聚愁"，没想到我离开台湾到了温哥华，后来就再也没有机会回去了，一下就过了好多年，"我本欲归归未得，乡心空付水东流"。"年前老父天涯没"，我父亲已经去世，"兰死桐枯根断折"，我自己的根都没有了。"更从海上哭先生，故都残梦凭谁说"，我远在温哥华哭悼许世瑛先生，谁还知道我小时候的往事？"欲觅童真不可寻，死生亲故负恩深"，在我中学的照片中，可见我没有经过患难的样子，我现在要想再回到童真的时代，永远找

1971年在英国牛津大学

寻不到了。不管是活着或是死去的长辈，我都辜负了他们的教导、爱护。"未能执绋悲何极，更忆乡关感不禁"，"执绋"是送葬时拿起拉柩的绳子，我不能亲自给许先生送葬，想到许先生在老家北平的那一段往事，感觉美好的岁月消失得太久了。

"前日寄书问身后，闻有诸生陪阿母"，我给台湾的朋友写信问："许世瑛先生去世了，那许师母呢？"他们就说："有学生陪伴她。""人言师弟父子如"，中国古人都说师生如父子，"况是先生德爱厚"，何况许先生对学生这样好。但是很不幸，我听说许师母是自杀了，往事真是不堪回首。"小雪节催马帐寒，朔风隔海亦悲酸"，即许先生去世了，我虽然远在海外，也能感觉到悲痛、酸楚。我离开家乡后，每天梦见还乡。因此我说"梦魂便欲还乡去，肠断关山行路难"。

这是我到加拿大以后写的诗，是我后期的作品。

我是1966年被派往美国密歇根州立大学教授中国古典诗歌的。次年被哈佛大学邀聘为客座教授，1969年到加拿大UBC，被聘为终身教授。由于我是学中文出身，所以当时英文的根底并不是很好，而听课的洋学生们也都不是专门研究中国古典文学的。在那种情况下，本来我是很担心，

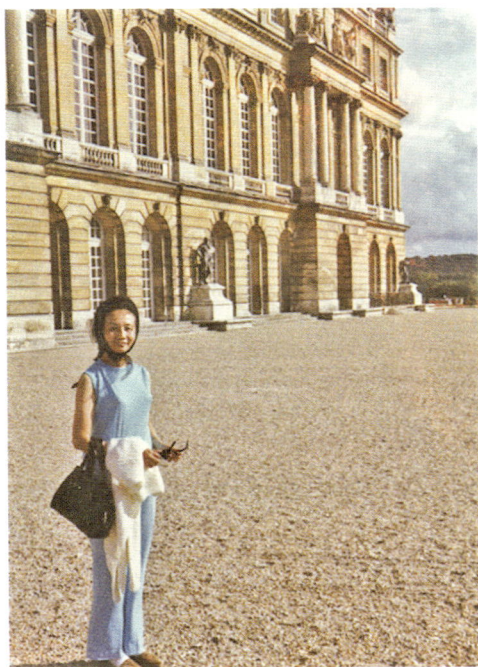

1972年在法国凡尔赛宫

但说起来很奇妙，就因为我太喜欢诗词了，我讲中国古典诗词真的是把我的感情都投入进去了，我尽量用我并不是很完美的英文，把诗人的感情，当时的时代、历史以及自己对诗歌的理解表达出来。记得那一班本来只有十六七个学生，结果我教后竟来了六七十人。后来我体会到，古今中外，文化虽有不同，但人心的基本情意大多是相通的。所以你只要把那些基本的东西，把诗歌里感发的生命讲出来，不同文化背景的人也是会感动和接受的。

在文化的交流和沟通上，翻译是非常重要的。像四书五经，李白、杜甫的诗等，都可以找到英文的译本，老一辈汉学家在这方面真的很用功。现在，外国人对中华文化是越来越感兴趣了，这其中有各种原因，但也有真正热爱中国传统文化的。我在国外曾带过许多研究生。第一位研究生叫施吉瑞（Jerry D. Schmidt），他先后翻译过韩愈、杨万里的作品，后来又研究过黄遵宪。他现在已经做了UBC的教授，也出了好几本书，可是他还在继续做研究，也愿意继续做下去。

同时，我觉得文化不只表现在文字上，更体现在行为中。中国文化传播到世界，不是空谈，不是喊口号。你要传播中国文化，要先问问自己是不是真正热爱中国文化，是不是知道中国文化美好的品格道德之所在，是不是能让

1989年退休时在退休会上由施吉瑞致送纪念品。
施教授是叶先生在不列颠哥伦比亚大学亚洲系
指导的第一位研究生

它们在你的身上表现出来。一句话，就是要用你的言行、实践来传播中国文化，让外国人从你的行为、从你的身上，看到中国文化中美好的东西。

第四篇

骥老犹存万里心

一

　　我1948年的冬天到了台湾，1966年去了美国，1968年回台湾，1969年又去了加拿大。我自从离开我的老家以后，几十年来，一生漂泊，四海为家。我做的梦都是回到北平的那个大四合院的老家。我每次梦到回老家，大门我是进去了，可是里边每一间房的窗跟门都是关着，哪个窗哪个门我都开不开，我这个梦做了很久。1979年我回国的时候，老家的院子还在，可是就在几年前，老房子也没了。早在1974年探亲回国，我就写了一首很长很长的诗《祖国行》。据北大程郁缀教授统计，此诗长达266句，共一千八百多字。程教授说："这是中国自有歌行以来最长的一首诗。"自从离开祖国，我就一直怀念北京。怀念北京那古老的城、古老的家。我经常做梦回老家，有时也会梦到跟我的学生一起去看望我的老师。回到祖国了，我非常兴奋，这首诗我一气呵成，满心感动：

卅年离家几万里，思乡情在无时已。

一朝天外赋归来，眼流涕泪心狂喜。

银翼穿云认旧京，遥看灯火动乡情。

长街多少经游地，此日重回白发生。

家人乍见啼还笑，相对苍颜忆年少。

登车牵拥邀还家，指点都城夸新貌。

天安门外广场开，诸馆新建高崔嵬。

道旁遍植绿荫树，无复当日飞黄埃。

西单西去吾家在，门巷依稀犹未改。

……

我是从香港坐飞机到北京的。我在飞机上看到一条长街上都是灯火，我就想，那是不是西长安街呢？那是当年我每天走过的地方，那是我的家所在的地方。我当时就在飞机上流下泪来了……

二

1976年，我从温哥华到美国去参加一个中国文学的会议，我从温哥华上飞机，先飞到多伦多，然后又飞到美国的匹兹堡。我从温哥华上飞机时就想：我一辈子辛勤劳苦，到

旧宅院内

1979年在北京故居与大弟叶嘉谋同练太极拳

晚年，我的两个女儿都出嫁了，我想我将来可以乐享余年。我可以从温哥华飞到多伦多看望我的大女儿，到匹兹堡看望我的小女儿，将来我的女儿有了孩子，我可以帮她们照顾孩子，跟现在所有的外婆一样。我确实就在飞机上蹦出这么一个念头。我以为我早年的苦难都应该过去了，没想到上天当下就惩罚了我。我在多伦多看望我的大女儿以后飞到匹兹堡，在我小女儿的家里就接到了电话，说我大女儿和大女婿开车出去，出了车祸，两个人都不在了。这真是晴天霹雳，我当时实在痛不欲生，但因为多年来一直是我支撑我的家，我是所有苦难的承担者，我不得不强抑悲痛立即赶到多伦多去为他们料理丧事。我是一路流着泪飞往多伦多，又一路流着泪飞回温哥华。回到温哥华之后，我把自己关在家里，避免接触一切友人，无论任何人的关怀慰问，都只会更加引发我内心的伤痛。诗词确实奇妙，通过诗歌的写作，也可以使悲痛的感情得到抒发和缓解，但我写诗时的心情仍然是悲伤而自哀的。我在诗前小序中写道："一九七六年三月廿四日，长女言言与婿永廷以车祸同时罹难，日日哭之，陆续成诗十首。"我现在摘录十首《哭女诗》中的几首：

其一

噩耗惊心午夜闻，呼天肠断信难真。

1979年与大弟一家及小弟女儿叶雪

何期小别才三日，竟尔人天两地分。

其三

哭母鬐年满战尘，哭爷剩作转蓬身。

谁知百劫余生日，更哭明珠掌上珍。

其四

万盼千期一旦空，殷勤抚养付飘风。

回思襁褓怀中日，二十七年一梦中。

其七

重泉不返儿魂远，百悔难偿母恨深。

多少劬劳无可说，一朝长往负初心。

其八

历劫还家泪满衣，春光依旧事全非。

门前又见樱花发，可信吾儿竟不归。

我大女儿言言是跟我在苦难中长大的。她小的时候，我一个人带她，她是吃我奶长大的。我带着她被关在彰化警察局，我带着她在别人家打地铺……一刹那就都成空了。我回到家，记得那个时候刚买了房子没有多久，家门前有一棵樱花跟海棠接在一起的树，我大女儿到那个房子来住，

1974年长女婚礼，在UBC校园

那时我刚刚在大陆写了《祖国行》。我的大女婿宗永廷还跟我开玩笑说："您写了这么一首长诗，将来如果被教育部编到课本里让学生背，那可太让人受罪了。"命运就是这么捉弄人，如今"门前又见樱花发，可信吾儿竟不归"。

其九

平生几度有颜开，风雨逼人一世来。

迟暮天公仍罚我，不令欢笑但余哀。

母亲去世的时候，我在北平沦陷区，家国的苦难让我体会到生命的无常。父亲去世后，我再也没有一个长辈的家人了。谁想到我经历了这么多的苦难之后，我的女儿也遭遇不幸。没想到，我一生的磨难还不够，垂老之年，还给我这么大的打击。我一辈子吃苦耐劳，为了我的家，我什么苦难都忍受了。现在我的小女儿也结婚了，我的大女儿竟然出了这样的事情。

三

经过这一次大的悲痛和苦难之后，我知道了把一切建立在小家、小我之上不是我终极的追求、理想。我要从"小我"的家中走出来，那时我就想："我要回国教书，

1974年与家人在次女婚礼上

我要把我的余热都交给国家，交付给诗词。我要把古代诗人的心魂、理想传达给下一代。"1978年，我写了《向晚》二首：

其一

向晚幽林独自寻，枝头落日隐余金。

渐看飞鸟归巢尽，谁与安排去住心。

其二

花飞早识春难驻，梦破从无迹可寻。

漫向天涯悲老大，余生何地惜余阴。

当时我给国家教委写了一封申请信，那时"四人帮"已经垮台了，我看报纸上说，大专学校需要教师，我当时就非常替我们的国家高兴。我说："我愿意自费回国教书，我自己出旅费，不接受国家一分钱，自己不要任何报酬。"于是国家教委批准我到北京大学教书，因此我回来任教的第一个学校是北大。可是我到北大后不久，就接到南开大学的来信。南开的李霁野先生过去也在北平辅仁大学教书，他是我的导师顾随先生的好朋友。在没到北大以前，我写了《向晚》二首。我在报纸上看到一个信息，说很多"文革"时受到打击的老师都平反了，南开大学的李霁野先生

1979年与陈贻焮、费振刚、袁行霈诸先生在北大

现在也开始教书了。我就给李霁野先生写了一封信，说我也回来教书了，李霁野先生回信说："太好了，现在祖国的形势大好，大学都开学了，学生们都特别兴奋。"接到信以后我又写了《再吟二绝》：

其一

却话当年感不禁，曾悲万马一时喑。

如今齐向春邻骋，我亦深怀并辔心。

其二

海外空能怀故国，人间何处有知音。

他年若遂还乡愿，骥老犹存万里心。

1979年当我能回来教书的时候，我也曾经写过一首诗：

构厦多材岂待论，谁知散木有乡根。

书生报国成何计，难忘诗骚李杜魂。

国家要建设，国内有的是人，我是个不成材的散木，但是我怀念我的故乡，怀念我的祖国。我热爱中国传统文化，没有好的办法报国，我只能把我所体会的、我所传承的中国诗歌中的美好的品格和修养传给下一代。如果我没有尽到自己的力量，下对不起诸位年轻人，上对不起我们

1982年1月，结束第二次到南开讲学，离开天津时，
南开大学的老师们前来送站

前一代的那些杰出的诗人、词人的作品。

我这一辈子真是经历了太多苦难。我的心像水一样，我可以经过打击然后仍然保持内心的方向，我并没被苦难打倒。1980年，我写了《踏莎行》：

> 1980年春，偶于席上遇一女士云能以姓名为人相命，谓我于五行得水为最多，既可如杯水之含敛静止，亦可如江海之汹涌澎湃。戏为此词，聊以自嘲。
>
> 一世多艰，寸心如水。也曾局囿深杯里。炎天流火劫烧余，藐姑初识真仙子。　　谷内青松，苍然若此。历尽冰霜偏未死。一朝鲲化欲鹏飞，天风吹动狂波起。

我遇见过两个人，他们对我做学问有很大的影响，一位就是哈佛大学的海陶玮教授，他让我去跟他合作，我每天跟他讨论陶渊明的诗，然后他帮忙把我所有中文的文章都翻译成英文。还有一位是四川大学的缪钺先生。1981年，我回国去参加会议，跟缪钺先生见了面。见面的当天，上午开会，中午聚餐。餐后杜甫草堂给我们每两个人安排一个休息的房间，我跟中华书局的编辑冀勤女士一个房间，缪先生跟他孙子缪元朗一个房间。我正要休息的时候，缪先生的孙子过来说："我爷爷说你们在国外不睡午觉，他找

1980年代在天津拜望李霁野先生夫妇

你去讨教。"开了三天会，每个中午他都找我谈话，还写了好多诗送给我。开完会，我参加了一个旅游团，看完了杜甫草堂，又去看李白的故乡。缪先生那时八十多岁了，他不出门。等我旅游回来，我跟他告别，他说要跟我合作。如果不是因为缪钺先生，我不会把中国的词人从头到尾系统地都讨论一遍，这真是被逼出来的。每年只要一放假，我就到川大跟缪先生合作《灵谿词说》一书。就因为这个缘故，我耽误了一篇文章。我写了一篇海陶玮先生非常感兴趣的文章。他本来是想把我的这篇文章翻译成英文。我去跟缪先生合作了，一连合作三四年，都没有再回到哈佛。等到我回来了，海陶玮先生的眼睛坏了，打英文字看不清了。那一篇文章没有能够翻译成英文。如果没有海陶玮先生，我不会有那么多的英文文章；如果没有缪钺先生，我就不会整理出那么多的词来。我跟两位先生合作得都很好。

1990年，加州大学的余宝琳（Pauline Yu）教授与哈佛大学的宇文所安（Stephen Owen）教授曾联名向美国高等研究基金会申请专款补助，于1990年6月在美国缅因州举办了一次专以词学为主题的会议。我所提交的一篇论文《论王国维词——从我对王氏境界说的一点新理解谈王词之评赏》，这也是我与海先生合作的又一篇成果。在这次会议之后，美国耶鲁大学的孙康宜教授曾经写了一篇题为《北美

1980年代在成都与缪钺先生合影

二十年来的词学研究——兼记缅因州国际词学会议》的文稿，发表于台湾的《中外文学》第二十卷第五期。文中提到，"论词的观点与方法之东西合璧，这方面最具代表性的学者非叶嘉莹教授不作他想"。又说叶氏"论词概以其艺术精神为主。既重感性之欣赏，又重理性之解说，对词学研究者无疑是一大鼓舞"。孙教授的过誉，使我愧不敢当，而这一切若非由于海先生之协助把我的论著译成英文，则我以一个既没有西方学位又不擅英语表述的华人，在西方学术界是极难获致大家之承认的。我对海先生自然十分感激，但我深知海先生之大力协助把我的文稿译成英文，其实并非由于他对我个人的特别看重，而是由于他对西方学人之从事中国诗歌之研著者，原有他的一种极为深切的关怀和理念。

早在1953年海先生就曾在美国杜克大学所出版的一册《比较文学》（*Comparative Literature*）刊物上发表过一篇题为《中国文学在世界文学中的意义》的文稿，在那篇文稿中，海先生曾特别提到，中国古典文学的历史比拉丁文学的历史更久远，而且古代的文言文，即使在白话文出现已久后也仍然是一种重要的文学语言，两者可以并存而不悖，不像拉丁文学的古今有绝大的歧异。中国文学传世之久、方面之广，决定了中国文学在世界文学中占有重要地位。

1980年代初摄于王国维故居

1988年与王国维之女王东明在台北合影

而要想研究中国文学，就需要先彻底了解中国文学。研究文学的西方学者想要知道的是，他是否能在中国文学中找到任何可以补偿他学中文之一番心血的东西，同时他也想有人以他所熟悉的东西向他讲解。

海先生以为，"中国文学值得研究在于它的内在趣味，在于它的文学价值"。又说，"这种透彻的中文研究只能由那些彻底精通中文的人来做"。海先生还以为，"中国学者一般缺乏中国以外其他文学的良好训练"，所以"我们所需要的是把一些西方研究方法用到中国文学研究上，才能使西方读者心服口服地接受中国文学"。毫无疑问，海先生与我的合作正是按照他的理念来做的。他在合作中一方面要我把中国诗歌的语文作用对他做详细的说明和讲解，另一方面也介绍我读一些西方的文学理论著作。在我与他合作的第一年，他就介绍我去读雷内·韦勒克（René Wellek）及奥斯汀·沃伦（Austin Warren）合著的一册《文学之理论》（*Theory of Literature*）。我当时还曾翻译过其中之一章《文学与传记》（*Literature and Biography*），并对中英对译之事发表了一些看法（此篇译文曾被台湾大学学生刊物《新潮》于1968年发表）。我非常感谢海先生对我的协助，后来我自己更去旁听了不少西方文学理论的课，并曾经引用西方文论写过一些诗词评赏的文字。其中的一篇长文

《论词学中之困惑与〈花间〉词之女性叙写及其影响》被海先生看到后，他非常高兴，立刻就提出要与我合作将之译成英文。

我前面所提到的那篇于1990年提交给美国缅因州词学会议的《论王国维词——从我对王氏境界说的一点新理解谈王词之评赏》的文稿，也是经海先生协助而译成英文的。只不过自从1974年我利用暑期回国探亲，及1977年回国旅游，又自1979年回国教学，更自1981年赴成都参加杜甫学会的首届年会以后，就被四川大学的前辈教授缪钺先生相邀每年到川大与他合作撰写《灵谿词说》，于是我与海先生的合作就一连停顿了数年之久。海先生后来在英文版的《中国诗歌论集》中曾经提到，他的本意是计划与我合写一系列论词的文稿。后来这个论词的系列著作是由缪钺先生与我合作撰写的《灵谿词说》一书完成了。不过海先生还是把我在《灵谿词说》中所撰写的《论苏轼词》和《论辛弃疾词》两篇文稿译成了英文，而他则已与我合作完成了《论柳永词》和《论周邦彦词》两篇文稿。另外他又曾协助我把《论晏殊词》《论王沂孙词》和《论陈子龙词》先后译成了英文。

遗憾的是当我于20世纪90年代初写成了《从艳词发展之历史看朱彝尊爱情词之美学特质》一篇论文时，他的视力已经极度衰退。本来他对我的这一篇文稿甚感兴趣，以为我在此一文中所提出的朱氏爱情词的"弱德之美"是指出了词之美感的一种更为基本的特质。他曾经把我在此文中所举引的朱氏之《静志居琴趣》中的九首爱情词都翻译成了英文，并鼓励我把这九首英文译词和我的那篇论朱氏爱情词之美学特质的中文稿，提交给了1993年6月在耶鲁大学举办的一个以"女性之作者与作品中之女性"为研究主题的学术讨论会。

可惜海先生终因视力下降未能完成这一篇文稿的英译。其后有一位我在温哥华的友人陶永强先生中英文俱佳，曾经选译过我的一些诗词，出版了一册题为《叶嘉莹诗词选译》（*Ode to The Lotus*）的集子。他曾有意要把我那篇论朱彝尊爱情词的长稿译成英文，后来终因我的文稿太长和他的工作忙碌，未能完成。海先生当年颇以自己未能完成这一篇长文的译稿为憾，而我则更因为自己当年忙于回国讲学及与川大缪先生合作，未能及时与他合作完成此一长篇文稿的英译而深感歉憾。

2001年我应邀到美国哥伦比亚大学客座讲学期间，曾利用春假的机会到剑桥去探望一些老朋友，与海先生及赵如兰、卞学鐄夫妇有过一次聚会，那时海先生与他的一个孙女在剑桥附近的地方同住，视力已经极弱。此次相晤以后，我每年圣诞假期都会以电话向他致候。2005年圣诞，我给他打电话，一直无人接听，我想他可能被儿女们接往他的故乡德国去住了。及至2006年2月，我忽然收到哈佛大学韩南（Patrick Hanan）教授一封电邮，说海先生已经于1月8日在德国去世了，哈佛大学将为他举办一个追悼会，希望我能去参加，并且说他将在仪式中提到海先生与我的合作，他以为在北美汉学界中，像海先生与我这样有成就的学者能在一起合作研究，是一件极为难能可贵的事。我收到韩南教授的信后，曾写了一封回邮，表示了我对海先生深切的怀念和哀悼。海先生之大力协助我把一些论诗词的文稿译成英文，并非只为了个人之私谊，而是由于作为一个研究中国诗词的汉学家，他有几点极深切的理想和愿望：其一是西方汉学家要想研读中国诗词，首先需要有大量英译的文本；其次是中国诗词在中国独有的语文特质下，也需要有精通中国语文特质和中国诗词之美感的华人学者的密切合作。尤其是"词"这一种文体，其美感特质更为要眇幽微，一般而言西方学者对此更深感难于着力。但一般学者大多追求一己的研究成果，很少有人能具有像海先生那样的胸襟和理想，愿意与一个如我这样既无西方学历又不擅英文表述的华人学者合作。我对海先生既深怀感激，更对他的胸襟志意和理想深怀景仰。

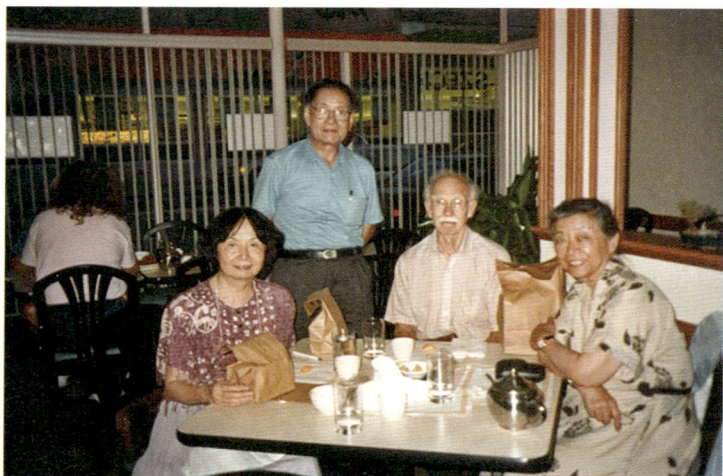

2001年从哥伦比亚大学访问哈佛旧友
（左起：叶嘉莹、卞学鐄、海陶玮、赵如兰）

四

我国古代那些伟大的诗人，他们的理想、志意、持守、道德时常感动着我。尤其当一个人处在一个充满战争、邪恶、自私和污秽的世道之中的时候，你从陶渊明、李杜、苏辛的诗词中看到他们有那样光明俊伟的人格与修养，你就不会丧失自己的理想和希望。我虽然平生经历了离乱和苦难，但个人的遭遇是微不足道的，而古代伟大的诗人，他们表现在作品中的人格品行和理想志意，是黑暗尘世中的一点光明。我希望能把这一点光明代代不绝地传下去。2001年我曾经写过一首词《浣溪沙·为南开马蹄湖荷花作》：

> 又到长空过雁时。云天字字写相思。荷花凋尽我来迟。　　莲实有心应不死，人生易老梦偏痴。千春犹待发华滋。

我曾经在一份考古的报刊上看到过一篇报道，说是在古墓中发掘出来的汉代的莲子，经过培养，居然可以发芽能够开花。我的莲花总会凋落，可是我要把莲子留下来。

我到南开大学教书，有时在校园内散步，从教学楼走出来，走到马蹄湖看荷花。2000年我在马蹄湖的小桥上曾经写了《七绝一首》，题及诗如下：

1999年叶嘉莹先生在她筹建的中华古典文化研究所大楼前留影

南开校园马蹄湖内遍植荷花，素所深爱，深秋摇落，偶经湖畔，口占一绝。

萧瑟悲秋今古同，残荷零落向西风。

遥天谁遣羲和驭，来送黄昏一抹红。

古人有悲秋的传统，屈原说："惟草木之零落兮，恐美人之迟暮。"又说："袅袅兮秋风，洞庭波兮木叶下。"宋玉说："悲哉！秋之为气也。萧瑟兮，草木摇落而变衰。"[①]写这首《七绝一首》的时候，我已是七十六岁的老人了。荷花都零落了，在黄昏落日的斜照之下，还有一朵残荷还能发出自己的光彩。在我的晚年，国家还给我这样一个教书的机会，我心存感激。

2007年6月，我曾经写过两首诗，题为"连日愁烦以诗自解，口占绝句二首"，在这里我只讲《绝句二首》其二：

不向人间怨不平，相期浴火凤凰生。

柔蚕老去应无憾，要见天孙织锦成。

"天孙"，就是传说中的织女，之所以叫织女，是因为她能够把天上的云霞织成美丽的云锦。我曾经把自己比作一条吐丝的蚕，说是"柔蚕老去丝难尽"——我从小热爱

---

① 参见《楚辞》中的《离骚》《九歌》《九辩》。

中国古典诗词，到现在已经教了七十多年古典诗词，虽然已经九十多岁了，却从来没有停止过教书。我自己就像一条吐丝的蚕，我希望我的学生和所有像我一样热爱古典诗词的年轻人能够把我所吐的丝织成美丽的云锦。中华古典诗词研究是我终生的事业。如果说有什么愿望，我真的希望通过自己的努力，在现代时空的世界文化大坐标中，为中国古典诗词的美感特质以及传统的诗学与词学找到一个适当的位置，并对之作出更具逻辑思辨性的理论说明。

2014年4月，我参加恭王府的"海棠雅集"，曾经写过几首诗。其中第二首是：

> 青衿往事忆从前，黉舍曾夸府第连。
> 当日花开战尘满，今来真喜太平年。

当年我到辅仁大学女校读书，辅仁大学女校就在恭王府。当年恭王府也有海棠，可是当年的海棠花开的时候，我们是在沦陷之中。我现在再回到恭王府看到海棠花开，我们已经是如此富强、如此有前途的一个国家了。所以我说"今来真喜太平年"，我真是高兴能看到我们国家有这样一个欣欣向上的气象。

我这个人虽然遭遇了很多不幸，但是应该说也很幸运，即如我碰见海陶玮先生、缪钺先生也都是我的幸运。我偶然到澳门去开个词学会议，碰到沈秉和先生，他非常热心，一见面他就说："请把你的地址给我，我要给南开大学赞助。"那当然好了，我就把我的通讯地址给了他，沈先生出手就给了我一百万，南开大学后来用他的赞助买了很多设备，买了很多书，还筹办了师资培训班。加拿大的老华侨蔡章阁先生也热心捐款，为研究所建造了与文学院相结合的教研楼。我真是很幸运，碰到这么多热爱中华古典文化的人，他们热心地给我捐钱，一直帮助我。我们学校的校长龚校长也非常喜欢中国的古典诗词，他刚刚接任校长以后拜访学校的老师，他到我那里去了，然后谈起话来，他居然会背很多我的诗。我回到南开教书时，陈洪校长还是研究生，他是当年听我讲课的人，那时我每年背着行李回来，还要打着行李走，陈校长还曾经帮我打行李。此外，南开大学的其他朋友也都非常热心。

台湾我也有很多好朋友，当年接我回去并用他们的基金赞助我，而且给我出了那么多讲演的光碟。我现在不管是对大陆还是台湾的朋友，我对所有的朋友，都是满心的感激。我现在只想说，我还要尽我余生的力量为中华诗词而努力。记得我过九十岁生日的时候，很多朋友都来庆贺，我就答谢大家说："感谢大家，我以后一定继续努力。"白先勇先生那天也来了，他开玩笑说："您九十岁了还说要继

2002年在澳门街头

续努力，我们该怎么办呢？"

我对中华的古典诗词依然充满了热情，中国诗歌最大的作用就是兴发感动。《周礼·春官》里说教育小孩子一开始就是读诗，读诗的程序就是兴、道、讽、诵。兴就是先要使小孩子对于诗歌有一种兴发感动，我觉得诗歌的主要作用就是能够使读者的心灵有一种感发可以兴起。而什么东西使你感发兴起呢？就是你所看到或经历过眼前身畔的一切事物都可以使你感发兴起。中国古代非常重视诗歌的教育，孔子曾经对他的学生说："小子，何莫学夫诗？"你们这些个年轻人，为什么不好好读一读诗？那时候所谓的诗，还不像我们现在说的李白、杜甫，那时候所说的诗是《诗经》，诗三百篇。"小子，何莫学夫诗？诗，可以兴，可以观，可以群，可以怨。"诗的第一个作用就是兴，就是让你的内心有一种兴发感动。你看到外界的大自然的景物，你可以有一种感动。辛弃疾说，"一松一竹真朋友，山鸟山花好弟兄"，就是说万物都与我有共同的生命，你既然被大自然感动，那么人间的事物当然更会使你感动。杜甫的诗说"国破山河在，城春草木深"，他写的是国家的兴衰成败给你的感动。所以诗的第一个作用就是给人感动。《诗品·序》上说，春风春鸟，秋月秋蝉，都可以使你感动。

2005年与沈秉和先生夫妇

至于人，死生离别、喜怒哀乐的感情，你都可以用诗歌来表达，所以诗可以兴。

在中国文化之传统中，诗歌最宝贵的价值和意义就在于诗歌可以从作者到读者之间，不断传达出一种生生不已的感发的生命。读诗的好处就在于可以培养我们有一颗美好而活泼的不死的心灵。我们作为现代人，虽然不一定要再学习写作旧诗，但是如果能够学会欣赏诗歌，则对于提升我们的性情品质，实在可以起到相当的作用。我平生志意，就是要把美好的诗词传给下一代的人。

我命运坎坷，饱经忧患，平生从来未曾萌生过任何成名成家的念头。我只是一个从幼年时代就对古典诗词产生了热爱，并且把终生都奉献给了古典诗词之研读与教学的工作者。是古典诗词给了我谋生的工作能力，更是古典诗词中所蕴含的感发生命与人生的智慧，支持我度过了平生种种忧患与挫折。我的愿望只是想把我自己内心对古典诗词的热爱作为一点星火，希望能借此点燃其他人，特别是年轻人心中热爱古典诗词的火焰。

由于自知"老之已至"，我才如此急于想把自己所得之于古诗词的一些宝贵的体会传给后来的年轻人。我曾在为《诗馨篇》一书所写的序中说："在中国的诗词中，确实存在一条绵延不已、感发之生命的长流。"我们一定要有青少

在台湾给小朋友讲古诗

年的不断加入，"来一同沐泳和享受这条活泼的生命之流"，"才能使这条生命之流永不枯竭"。一个人的道路总有走完的一日，但作为中华文化珍贵宝藏的诗词之道路，则正有待于继起者的不断开发和拓展。只要还能站在这里讲，我一定会继续讲下去。

附　录

我的台大公开课

我曾经说过："凡是最好的诗人，都不是用文字写诗，而是用整个生命去写诗。成就一首好诗，需要真切的生命体验，甚至不避讳内心的软弱与失意。"

神龙见首不见尾

—— 谈《史记·伯夷列传》的章法
与词之若隐若现的美感特质

（开场）柯庆明教授："叶嘉莹教授名闻海内外，著作等身，我们都认识，同时更重要的是她在台大教书多年，是我们敬爱的老师，因此能够请到她来台大作系列的演讲。但是她跟与她有关的台湾的几所学校和机构都有很深的情谊，所以她把由宋庆龄基金会帮她做的唐宋词讲座的光碟要捐赠给这几个相关的单位。首先我们请台大图书馆项洁馆长，接着请中研院文哲所林玫仪、辅大中文系赵主任、淡江大学中文系崔主任。"

（叶老师赠送光碟）

---

* 我一生，70年从事教学，我觉得这真是我愿意去投入的一个工作。如果到了那么一天，我愿意我的生命结束在讲台上……如果人有来生，我就还做一个教师，我仍然要教古典诗词……我在台湾大学的公开课在前文曾提及，两次公开课的内容经焦雅君整理，我和柯庆明教授又加以审校，特刊于此，以飨读者。

（主讲）叶嘉莹教授：

今天我在没有讲之前就已经非常恐慌。恐怕今天我讲得不是很理想，因为我今天所要讲的题目是一个被限制的题目。我说它被限制，是因为我的题目是"谈《史记·伯夷列传》的章法与词之若隐若现的美感特质"。我现在要讲《伯夷列传》的章法。这章法不是可以凭空随便讲的，你一定要把文章读了才能知道这文章它讲什么。我原来都是讲诗词，很短小的一首诗，或者一首词。我可以随意去发挥，所以那样就比较生动，也比较活泼。可是现在我要讲《伯夷列传》的章法，我就要一个字一个字，一句一句地把这个章法讲出来。不过我要讲的《伯夷列传》的章法虽然是很死板的，但我的联想还是我一向的一个习惯。我一向的习惯是喜欢跑野马。在座的很多人是我五十年前的学生，知道我讲课喜欢跑野马。虽然章法是被拘束的，可是我的联想还是跑野马的。所以我就从《伯夷列传》的章法想到了词的美感特质。

《伯夷列传》的章法与词的美感特质本来是风马牛不相及的两件事情。词是晚唐五代以后才开始流行起来的，而《史记》的《伯夷列传》是前汉时代的作品。所以，在《史记》的时代，从来没有"词"这一说，也没有这么一种文体。可是现在我居然要把两者连在一起说。我之所以要把两者连在一起说，是因为我个人体会到，《史记》的章法合乎词的美感特质。所以有两个问题我要解决：首先，我要说明《伯夷列传》的章法是什么；然后，我要再说明词的美感特质是什么，怎样把两者结合起来。

现在实在是非常不得已，这是我一向在讲课时很少这样做的，就是一个字一个字地去讲解。可是现在没有办法，我要讲章法，我要简单地把《史记》的《伯夷列传》先读一下：

> 夫学者载籍极博，犹考信于六艺。《诗》《书》虽缺，然虞夏之文可知也。尧将逊位，让于虞舜，舜禹之间，岳牧咸荐，乃试之于位，典职数十年，功用既兴，然后授政。示天下重器，王者大统，传天下若斯之难也。而说者曰尧让天下于许由，许由不受，耻之，逃隐。及夏之时，有卞随、务光者。此何以称焉？太史公曰：余登箕山，其上盖有许由冢云。孔子序列古之仁圣贤人，如吴太伯、伯夷之伦详矣。余以所闻由、光义至高，其文辞不少概见，何哉？

> 孔子曰："伯夷、叔齐，不念旧恶，怨是用希。""求仁得仁，又何怨乎？"余悲伯夷之意，睹轶诗可异焉。其传曰：

伯夷、叔齐，孤竹君之二子也。父欲立叔齐，及父卒，叔齐让伯夷。伯夷曰："父命也。"遂逃去。叔齐亦不肯立而逃之。国人立其中子。于是伯夷、叔齐闻西伯昌善养老，盍往归焉。及至，西伯卒，武王载木主，号为文王，东伐纣。伯夷、叔齐叩马而谏曰："父死不葬，爰及干戈，可谓孝乎？以臣弑君，可谓仁乎？"左右欲兵之。太公曰："此义人也。"扶而去之。武王已平殷乱，天下宗周，而伯夷、叔齐耻之，义不食周粟，隐于首阳山，采薇而食之。及饿且死，作歌。其辞曰："登彼西山兮，采其薇矣。以暴易暴兮，不知其非矣。神农、虞、夏忽焉没兮，我安适归矣？于嗟徂兮，命之衰矣！"遂饿死于首阳山。

由此观之，怨邪非邪？

或曰："天道无亲，常与善人。"若伯夷、叔齐，可谓善人者非邪？积仁絜行如此而饿死！且七十子之徒，仲尼独荐颜渊为好学。然回也屡空，糟糠不厌，而卒蚤夭。天之报施善人，其何如哉？盗跖日杀不辜，肝人之肉，暴戾恣睢，聚党数千人横行天下，竟以寿终。是遵何德哉？此其尤大彰明较著者也。若至近世，操行不轨，专犯忌讳，而终身逸乐，富厚累世不绝。或择地而蹈之，时然后出言，行不由径，非公正不发愤，而遇祸灾者，不可胜数也。余甚惑焉，傥所谓天道，是邪非邪？

子曰"道不同不相为谋"，亦各从其志也。故曰"富贵如可求，虽执鞭之士，吾亦为之。如不可求，从吾所好"。"岁寒，然后知松柏之后凋"。举世混浊，清士乃见。岂以其重若彼，其轻若此哉？

"君子疾没世而名不称焉。"贾子曰："贪夫徇财，烈士徇名，夸者死权，众庶冯生。""同明相照，同类相求。""云从龙，风从虎，圣人作而万物睹。"伯夷、叔齐虽贤，得夫子而名益彰。颜渊虽笃学，附骥尾而行益显。岩穴之士，趣舍有时若此，类名堙灭而不称，悲夫！闾巷之人，欲砥行立名者，非附青云之士，恶能施于后世哉？

我不知道在座的朋友们有哪些人读过《史记》的《伯夷列传》？《伯夷列传》在《史记》这本书里面，我认为是非常奇妙的一篇传记。《史记》里边有书，有表，有本纪，有世家，有列传。列传一共是七十篇。一般来说，司马迁的列传经常是有两种体例：一种是他先把这个传主——比如他写《魏公子列传》，先把信陵君平生重要的事情简单说一遍，然后他最后说"太史公曰"，"太史公曰"是司马迁对于这个传记所记人物的一种评说；《史记》里还有一种列传，它不是个人的传记，比如说《游侠列传》《货殖列传》，这是一个类别的人物，他就先介绍这一类人物的特质是什么，然后一个一个讲这个传记，最后再加上他的结论。可是《伯夷列传》跟他经常所用的这两种体例是完全不相合的。那么，怎么样不相合呢？

许多人读《史记》的《伯夷列传》，都不知道司马迁究竟要说些什么。我们现在就把这一篇很奇妙的《伯夷列传》简单地读一下。司马迁说："夫学者载籍极博，犹考信于六艺。《诗》《书》虽缺，然虞夏之文可知也。"

"学者载籍极博"，古代传下来的书籍是非常广博的。但是古书里面所记载的并不见得完全可信，所以我们要考证它是不是信实的。我们要到"六经"里面去考察。"学者载籍极博"，因此我们要"考信于六艺"。"六经"据传说又不完全。《诗经》古书上说有三千余篇，现在只剩了三百零几篇了。《书经》本来是古代的一种documents，在古代流传也很广，可现在我们所看到的《书经》也是不完整的。司马迁说，虽然古书六经的《诗》《书》都有缺失，不过大体上说起来，"虞"是"虞舜"，"夏"是"夏朝"，"虞夏之文可知也"这句是讲，虽然远古是如此之遥远，可是虞、夏两个朝代大概的记录我们是可以知道的，尧、舜、禹这三代的古代历史大概是可以考察的。

那么在古代历史上记载了什么呢？司马迁说，古代历史就说了："尧将逊位，让于虞舜，舜禹之间，岳牧咸荐，乃试之于位，典职数十年，功用既兴，然后授政。示天下重器，王者大统，传天下若斯之难也。"这是一段话。

我们从古书上的记载可以看到，各国当政治交替的时候，怎么样交替？怎么样任用？怎么样选拔？自古以来就是一件非常重要的事情。司马迁说，古书上有记载，这些都是可以考察的、可以相信的历史。《诗》《书》虽缺，但是可以知道夏禹的事。我们现在有《尧典》《舜典》都可以考察当时的事情。当帝尧的年纪老大了，他要把他的王位传给一个人，通过选拔贤能，就选了舜。"尧将逊位，让于虞舜"，舜后来又让位给夏禹。我们考察古代的统治者轮替的时候，司马迁说："舜禹之间，岳牧咸荐。"四岳九牧——四方的各诸侯的领袖，九州的各州的领导，是由四岳九牧各地方的人来推荐的。推荐了以后也不是说马上就用。"乃试之于位"，就给他一个职务，让他去工作；"典职数十年"，主持政务好几十年；"功用既兴"，实际考察的结果，说这个人的政绩果然是良好的；"然后授政"，然后才把国家统治权传给他。这是很严肃的一件事情，是要经过几十年的考察才能选拔出来的。司马迁说，这个表示"天下重器"，传天下是何等重要；"王者大统"，做天下的领导人那是何等重要的一个职位，因此他说："传天下若斯之难也。"可见，当你要把一个国家，要把天下交托给一个人的时候，这是何其艰难的一件事情，是应该谨慎小心的。古代是有尧让位给舜，舜让位给禹的事。这是"六经"上可信的记载。

司马迁后面就有一个转折。你看《史记》章法的变化，"而说者曰"，可是有人就传说了。"说者"说什么呢？"尧让天下于许由，许由不受，耻之，逃隐。"可是相传有这样的说法："说者"，因为他不在"六经"里边，只是有这样一种传说，这个其实在《庄子》的《让王》这一篇里边是有记载的。"说者曰尧让天下于许由"，说尧本来曾经在让位给舜以前要让位给许由，可是"许由不受"，许由不肯接受。"耻之逃隐"，他以为是一件可耻的事情。尧让天下给他，他觉得是可耻的事，因为追求一个名位，许由觉得是可耻的；所以他就逃走了，隐居起来。后来舜让位给禹的时候，"有卞随、务光者"，这些人也逃隐了。

"此何以称焉？"那么，为什么这样一些逃隐的人也是值得称述的呢？可见，天下有两种不同的品格，有两种不同的选择。"太史公曰：余登箕山，其上盖有许由冢云。"司马迁在他年轻的时候曾经周览天下名山大川。他说他曾经登到箕山之上，那里传说有许由的坟墓。许由虽然不见于"六经"等典籍的记载，但是许由这个人是有的。司马迁说，他看到许由的坟墓。"孔子序列古之仁圣贤人，如吴太伯、伯夷之伦详矣。"古代仁圣的贤者，是不追求现实的名利禄位的，像吴太伯、伯夷这些人，都曾经得到过孔子的称颂。

孔子在《论语》里称赞过太伯，《论语》里有一篇就叫作"泰伯"，也称赞过伯夷。"余以所闻由、光义至高，其文辞不少概见，何哉？"古书上有记载的是那些让位的贤者，那些逃避不肯接受名利禄位的人，有接受禅让，有不接受禅让的。不接受禅让的人中，有得到孔子的称述的，也有没有得到孔子的称述的，这都是什么原因？为什么天下有这样不同的人，而且有这样不同的下场，有这样不同的历史评价，那都是什么缘故呢？于是他就引孔子的话。孔子是赞美过伯夷、叔齐的。孔子说其义"至高"。孔子以为："伯夷、叔齐，不念旧恶，怨是用希。""求仁得仁，又何怨乎？"说伯夷、叔齐两个人是"求仁得仁"。

伯夷、叔齐是古代孤竹国国君孤竹君之二子。孤竹是当时的一个诸侯国。据说孤竹国的国君一共有三个儿子：伯是老大，仲是老二，叔是老三。本来按照孤竹国的礼法，传位是应该传给老大伯夷。可是孤竹国的国君喜欢他最小的第三个儿子叔齐。所以当孤竹国的国君去世了，他们国家就面临一个问题。伯夷说："父亲喜欢我的弟弟叔齐，如果我按照这个长幼的地位承继了国君的位置，我就是不孝顺父亲了。"叔齐也说："我如果是按照父亲的偏爱做了国君，我就不合乎传给长兄的礼法了。"所以伯夷逃走了，叔齐也逃走了。就由他的第二个儿子做了国君。

孔子说，伯夷、叔齐是"求仁得仁"。因为他们不想要国君的禄位，所以他们离开了，就"求仁得仁，又何怨乎?"《论语》上记载，有人问孔子说，伯夷有怨心吗? 因为伯夷和叔齐两个人都逃走了，逃走以后怎么样了呢? 下面我们就来看本传。其传曰："伯夷、叔齐，孤竹君之二子也。父欲立叔齐，及父卒，叔齐让伯夷。伯夷曰：'父命也。'遂逃去。叔齐亦不肯立而逃之。国人立其中子。"

那么他们逃走到哪里去呢?"于是伯夷、叔齐闻西伯昌善养老。""西伯"，西方的诸侯之长;"昌"，姬昌，就是周朝的先祖。说是西伯昌"善养老"，这是他的作为，要照顾到国内的老人，使老有所终，这是安定治平国家的一个基本的要求。伯夷、叔齐逃离了孤竹国，就归向了西伯姬昌所在的地方。"及至"，当他们到达西伯姬昌的地方时，"西伯卒"，西伯已经死去了。

"武王载木主，号为文王"，因此武王就给他的父亲刻一个木头的牌位，上他一个尊号，称他作"文王"。他本来是一个西伯，西方的诸侯之长，可是武王现在要革命，自己要做天下的领导者，所以就尊称他的父亲为文王。"东伐纣"，即武王就向东来攻打纣王。"伯夷、叔齐叩马而谏曰"，伯夷、叔齐就在他的马前劝告他说："父死不葬，爰及干戈，可谓孝乎？"父亲死了，你还没有埋葬，就发动了这场战争，你算是孝子吗？"以臣弑君，可谓仁乎？"你是一个诸侯国的臣子，你现在要去攻打天子，这算是仁义的事情吗？当他们拦阻武王的马前进的时候，"左右欲兵之"，武王左右的侍卫就想要用武器杀了他们。"太公曰"，于是姜太公就说了，"此义人也"。

人在世界上有所为是一种精神，有所不为也是一种精神。什么时候你要选择有所为，什么时候你要选择有所不为？武王看到纣王的无道，为了天下的老百姓的幸福，要去讨伐他，这是一件好的事情；可是在伯夷、叔齐看来，按照中国旧传统的伦理，"父死不葬，爰及干戈"，而且以臣来弑君，这是不孝也是不仁。伯夷、叔齐有他们的道德的标准、选择，因此太公说"此义人也"。他们的选择虽然跟我们不一样，但是他们是有仁义之人，所以"扶而去之"，就把伯夷、叔齐搀扶起来，把他们让到旁边去了。武王的马就继续前进了。

"武王已平殷乱"，武王把纣王讨平了。"天下宗周"，于是天下就尊武王为天子了。"而伯夷、叔齐耻之"，伯夷、叔齐以为武王的天下是由讨伐得来的，是由以臣弑君得来的，所以伯夷、叔齐以为这是可耻的。"义不食周粟"，即为了持守自己的道德的品格，他们不肯接受周朝的俸禄。本来"粟"是粮食，字面意思是说不肯吃周朝的粮食，但因为古代做官，朝廷给官员俸禄，粟米常用作禄米，官员的俸禄以粮食来计算。这句话是说他们两人不肯在武王那里做官。

　　那么，他们以什么来维持生活呢？文章中说"隐于首阳山"，即两个人隐居在首阳山上。"采薇而食之"，即采摘野生的薇蕨之类来吃。"及饿且死"，吃这些野菜当然是吃不饱了，等饿到快死的时候，伯夷、叔齐就作了一首诗："登彼西山兮，采其薇矣。以暴易暴兮，不知其非矣。神农、虞、夏忽焉没兮，我安适归矣？于嗟徂兮，命之衰矣！""登彼西山"，即我们来到首阳山上。"采其薇"，我们采摘首阳山上的薇蕨当作食物。纣王当然是个暴君，可是武王伐纣把国君杀死了，武王也是一个暴臣。孔子所主张的伦理是君君臣臣，父父子子，做国君的要像做国君的样子，做臣子的要像做臣子的样子；做父亲的有做父亲的道理，做儿子的也有做儿子的道理。现在做国君的不像一个做国君的样子，做臣子的也不像一个做臣子的样子，所以君不君，臣不臣了。"以暴易暴"，以一个暴臣换掉了一个暴君；"不知其非矣"，而天下的人还不明白他们的错误是什么。"神农、虞、夏忽焉没兮"，上古传说的礼义禅让的美好时代已经消失了。"神农、虞、夏"已经消失了，"我安适归矣？"今天我归向何方呢？"于嗟徂兮"，他们就叹息。"徂"就是他们现在要离开世界了。伯夷、叔齐饿到快死了就叹息"命之衰矣"，意思是：我们生在这个时代真是不幸运。生在一个幸运的时代，天下治平；生在一个不幸运的时代，就没有一块安居的乐土。司马迁说，伯夷、叔齐就不幸生在这样一个时代，"遂饿死于首阳山"，他们就都饿死了。

下面司马迁就问了：孔子说伯夷、叔齐"求仁得仁，又何怨乎？"他们选择了做清者，在道德上，无论朝廷有什么不合理的事情，都要守住作为臣子的礼法。他们践行了自己所要求的品格，所以孔子说他们"求仁得仁"，没有怨恨。

伯夷、叔齐的诗"以暴易暴，不知其非矣"，"于嗟徂兮，命之衰矣"，都是在慨叹自己的命运真是不幸。伯夷、叔齐饿死了是他们自己的选择，你说他们怨还是不怨呢？司马迁这篇传记很奇妙，他都不直说。不像他作别的传记，叙述的时候直接地叙述，论断的时候也直接地论断。而这篇文章，司马迁的章法都是推出去又收回来，提出了很多的疑问。第一个疑问就是："由此观之，怨邪非邪？""或曰"，有人就说了，"天道无亲，常与善人"。说天道没有亲疏之别。"无亲"，古代的文言常常举一个字就代表双方面，"无亲"就是无亲疏之别。上天对人类，没有说对姓张的好，对姓李的不好；还是对姓李的好，对姓张的就不好，上天是没有分别的。"常与善人"，即上天没有亲疏，只要是善人就祝福他。

"若伯夷、叔齐，可谓善人者非邪？"像伯夷、叔齐这样守住清者的道德的应该是善人，难道不是吗？这又是一个问题。刚才说"由此观之，怨邪非邪"，现在说"可谓善人者非邪"。"积仁絜行如此而饿死"，他们追求一个仁者的品德，他们保持自己行为操守的清白，可是结果他们还是饿死了。

"且七十子之徒"，说孔子的弟子有三千人，贤者有七十人。在七十个贤人里，"仲尼独荐颜渊为好学"，孔子特别称赞的就是他的弟子颜渊（即颜回，字子渊）。有人问孔子："弟子孰为好学？"孔子说："有颜回者好学"，可是"不幸短命死矣"。孔子所欣赏的、最好学的那个学生，很年轻就死了。颜回生活也是非常贫苦，说他贫居在陋巷，即在一个很窄小、很简陋的小巷子里边住。"一箪食，一瓢饮"，拿个小竹筐子来吃饭，拿一个小水瓢来盛水，结果他很早就饿死了。因此"七十子之徒"中，孔子赞美颜回好学；可是"然回也屡空，糟糠不厌"。这"空"就是空乏，他经常是贫乏的。"糟糠不厌"，不要说吃山珍海味，就是吃糟糠的粗粮都不能够饱足，"厌"，是饱足。"而卒蚤夭"，所以颜回很早就死了。

太史公司马迁就又提出一个问题："天之报施善人，其何如哉？"这些都是"积仁絜行"的贤人，上天怎么让这些"积仁絜行"、清白无辜的贤人，反而落到这样的下场呢？"天之报施善人，其何如哉？"司马迁当年就提出这样的问题：有没有善德？善德是不是可以持守的？

司马迁又举了一个相反的例证："盗跖日杀不辜，肝人之肉，暴戾恣睢，聚党数千人横行天下，竟以寿终。是遵何德哉？"当时有一个大盗叫盗跖，每天把无辜的人杀死。"不辜"就是没有罪恶的人。每天杀死不知道多少无辜的人。"肝人之肉"，就是吃人肉、人肝。"暴戾恣睢"，即为非作歹。他"聚党"，这些凶恶的党徒有数千人，"横行天下"，予取予夺，想要钱财就去抢人的钱财，想要人的生命就要人的生命。可是就是这一批恶人，居然享受了天年，是长寿的，最后是善终。他说这些个恶人"竟以寿终。是遵何德哉？"善人被饿死了，这些恶人反而得到善终，这个社会果然有道德吗？上天真有道德吗？

司马迁说："此其尤大彰明较著者也。"他说：我所举的善人不得善终，而恶人反而以寿终的，是"彰明较著"的，是历史上有名的人，伯夷、叔齐、盗跖、颜回都是有名的人。司马迁接着说，就我举的这几个彰明较著的例子来看，你就知道上天对善人的报答是不公平的，这些名人就是如此。"若至近世"，不用说古代的人，就近现代的人来看，"操行不轨，专犯忌讳，而终身逸乐，富厚累世不绝"。看到"操行不轨"的人，常常做一些犯法的、不合道理的事情；"专犯忌讳"，专门做背叛礼法的事情，而他终身安逸享乐，"富厚"，即富贵丰厚。不但他自己是富贵、显达的，连他的子女都是富贵、显达的，而且"累世不绝"。

相反地，"或择地而蹈之"，就是说一个人不随便介入到一个环境里。他要选择一个清白的地方，他的脚才踏上去。像陶渊明说的"栖栖失群鸟，日暮犹独飞"，即我要选择一棵干净的树，才落在上边。这样的人就是"择地而蹈之"。"时然后出言"，不随便讲话，应该说话的时候才说话。"行不由径"，走路走的都是大道，"径"是斜曲的小路，即走路都不肯走斜曲的小路。"非公正不发愤"，不是真的公义的、正直的事情不发愤。他不为自己私人的权力而去努力争取。可是就是这样善良的、有美好品德的人，"而遇祸灾者"，最后却遭遇不幸，而且不是一两个人。品行美好的人而遭遇祸灾的，是"不可胜数也"，数都数不过来。"余甚惑焉"，因此，司马迁说：看到那历史的种种现象，我真是有不少的困惑。"倘所谓天道，是邪非邪？"如果说上天是有知识的、有智慧的、有慈悲的，这样的上天是有，还是没有呢？

司马迁在《伯夷列传》中完全是感慨、疑问。世界上真正可持守的东西是什么？真正持守了善德，怎么会落到不好的下场？那你要不要持守了？如果司马迁的文章就写到这里，好嘛，我们都去做那个盗跖，每天"暴戾恣睢"，可以贪赃枉法，还可以"富厚累世"。我们都去做这样的事情好了。可是，司马迁的文章没有停留在这里，他接下来还有一段话："子曰'道不同不相为谋'，亦各从其志也。"孔子说过，理想不相同的两个是人不能在一起计划、谈论一件事情的。因此说，"道不同不相为谋"。"亦各从其志也"，每个人要按照自己的理想去追求。"故曰'富贵如可求，虽执鞭之士，吾亦为之。如不可求，从吾所好'。"孔子说没有一个人不愿意富贵的。如果用正当的劳力就可以得到富贵，那么就是做一个赶马的人，我也可以做。如果你用正当的方法不能得到富贵，而要通过贪赃枉法得到富贵，"如不可求，从吾所好"，那我宁可不要"富厚累世不绝"，我要追求我自己的理想。

陶渊明曾经说自己"性刚才拙，与世多忤"。他说自己性情刚强，理想跟世俗不合，常常是在饥寒之中。他说他的儿子，"使汝等幼而饥寒"。陶渊明说"黾勉辞世"，让你们这些个小孩子跟我一起忍饥受冻，我是对不起你们，可是我没有办法，因为我不能与他们同流合污。陶渊明宁可忍受躬耕的辛苦，宁可忍受饥寒的痛苦，也不愿在贪赃枉法的官场中生活下去，因此他就辞官回来躬耕了。

"岁寒，然后知松柏之后凋"。如果是春天，草木都欣欣向荣，到处都是一片绿色，到处都是繁花似锦，你知道哪个植物是坚贞的？你不知道。当到了最寒冷的时节，你才知道松柏是常青不凋的，那些闲花野草都早已零落腐败了。"举世混浊，清士乃见"，在全世界都是混浊的时候，才能看出谁是真正清白的人，有道德、有操守的人。

"岂以其重若彼，其轻若此哉？"那不是因为每个人的道路不一样吗？孔子说"道不同不相为谋"。"其重若彼"，"其轻若此"，你所看轻、看重的分别是什么？"贾子彐"，这是引贾谊的话说，"贪夫徇财，烈士徇名，夸者死权，众庶冯生"。说贪财的人，千方百计地要得到钱财，所以"贪夫徇财"，他宁可赔上生命。我看到报纸上说，有一个贪官被捉住、被处死了——这就是典型的"贪夫徇财"。他就为了贪赃，为了钱财，他宁可做犯法的事情。"烈士徇名"，而一个烈士为了追求英烈的名声，就为了这个名声而牺牲了。以生命殉了节义，而得到后世节义的名声。"夸者死权"，即那些追求权位的人，就为追求权位而牺牲了。老百姓不是特别的"贪夫"，也不是特别的"烈士"。众庶的老百姓只求生活的安乐。

最后司马迁就说了，"同明相照，同类相求"，"云从龙，风从虎，圣人作而万物睹"。你要真正认识一个人，了解他的品格，体会到他的生命的意义和价值。你们两个人有相同的地方，才可以互相照明，才能够理解他，才能够体会他的选择，"同明相照"。"同类相求"，你们是同类人才可以结为朋友。"云从龙，风从虎"，古人说龙要升起来了就有云，老虎跳出来就带着风声跳出来了。"圣人作而万物睹"，每个人的认识、选择、理解不同。司马迁说"圣人作而万物睹"，当一个有最高的智慧修养的人出现了，他就把万物都看清楚了。每一个人的得失、利害、选择，他都了若指掌，都能够体会。

本来司马迁在写《史记》的时候，他曾经写过一篇自序。列传一共有七十篇，第一篇就是现在我们讲的《伯夷列传》。他在第一篇列出很多问题来，而最后一篇《太史公自序》，是司马迁的一个自序，我们也可以说是书后面的一个后序。他最后的一篇《太史公自序》等于他自己的一篇传记。

在《太史公自序》里，司马迁说"太史公曰：先人有言"，他说，听祖先讲过："'自周公卒五百岁而有孔子。孔子卒后至于今五百岁'"，周公是圣人。周公以后过了五百年，世界上才有第二位圣人，就是孔子。孔子死了以后，到司马迁的时代，又有五百年了。"'有能绍明世，正《易传》，继《春秋》，本《诗》《书》《礼》《乐》之际'，意在斯乎！意在斯乎！"

孔子作《春秋》，孔子就是司马迁所说的"圣人作而万物睹"。孔子可以评断、衡量天下各种人的是非、得失。孔子的《春秋》，用一个字来表达褒贬，比如说《左传》里最有名的一段，说"郑伯克段于鄢"。说郑庄公在"鄢"这个地方把他的弟弟公叔段打败了。"郑伯克段于鄢"，只是六个字，可是他为什么称之为"郑伯"？"段"就是他的弟弟。他为什么用对敌国战争的口吻，这件事用了"克"，是打败了敌国了吗？为争夺君权，兄弟相残，二人的所作所为是世人不耻的。因此，孔子用了"克"字。

孔子作《春秋》以后又有五百年了。他说："意在斯乎！意在斯乎！"现在司马迁为什么要写《史记》？他有自己的一份用心。如果天道没有了，人道还是有的。那么谁来做人道上的衡量？司马迁隐含着这样一份深意在里面："圣人作而万物睹"，圣人可以给万物一个公正的评价。

"伯夷、叔齐虽贤，得夫子而名益彰。"伯夷、叔齐当然是清者，是贤士。可是他们因为得到孔子的赞美，而声名更加显著了。"颜渊虽笃学"，颜回当然是一个非常好学的贤士；"附骥尾而行益显"，因为他是孔子的学生，得到孔子的赞美，所以颜回的名声就传下来了。司马迁说，这些人是有名的，那没有名的那些人呢？难道那些人中就没有贤人了吗？所以他说"岩穴之士，趣舍有时若此，类名堙灭而不称"。"岩穴之士"，即隐居在山岩野穴之中的贤士，不追求名利禄位的贤士。"趣舍"，"趣"是追求，"舍"是不追求。什么是应该追求的，什么是不应该追求的？"有时"，就有一定的选择。"若此"，有这样的人。有人把这句标点成"趣舍有时若此类"，其实是不对的，"类"字还是应该标点在下面。"类"就是大多数人的姓名都堙灭了，没有得到人的称述。"悲夫！"这是一件可悲哀的事情。天下有像伯夷、叔齐，像颜回一样品行美好的人，没有得到称述，这是悲哀的事情。

"闾巷之人"，那大街小巷里的寻常人；"欲砥行立名者"，想要修整自己品格的人，让自己的行为能够美好的人;"非附青云之士,恶能施于后世哉?"如果得不到一个有力量的人的宣扬,怎么能够留传到后世呢? 司马迁隐然以一个史家自居,这是他对人事的一种衡量、一种判断。

我们现在讲《伯夷列传》的章法。作者语言的反复、隐约、含蓄,以及他的诸多疑问,都是隐藏在文章里面的。司马迁所有的悲哀、感慨,都隐藏在文章中,没有很明白地说出来,许多结论都是用疑问的口吻。我说这样的章法是合乎小词的一种美感特质。那么小词是什么样的美感特质呢? 我们现在要看词的美感特质了。张惠言的《词选·序》说:"其缘情造端,兴于微言,以相感动,极命风谣里巷男女哀乐,以道贤人君子幽约怨悱不能自言之情,低徊要眇,以喻其致。"

小词本来就是当时隋唐之间流行的歌曲。晚唐五代人编了一本集子叫《花间集》,那是诗人文士歌酒宴乐的时候歌唱的曲子的歌词。这些曲子的歌词写什么? 写美女,写爱情。所以张惠言说了:"风谣里巷男女哀乐。""风谣",就是歌谣,就是大街小巷寻常人家的青年男女,他们的悲哀和快乐,相见就欢喜,离别就哀怨。可是就是写爱情的这些小词,"以道贤人君子幽约怨悱不能自言之情"。它居然就可以表达、说明那些最有修养的贤人君子的感情,你看张惠言所用的形容词"幽约怨悱",即最幽深的、最隐约的、最哀怨的、最悱恻的感情。还不止于此，是"幽约怨悱"，还是"不能自言之情"，自己没有办法说出来的一种感情，而且说的时候还不能够直接地说，要低徊婉转地，要要眇幽微地说。"以喻其致"，"喻"就是说明，而且不是"以喻其意"。而是表现一种情致、一种姿态、一种感情的品质和姿态。所以，小词就很妙了。

我曾给天津南开大学的新生讲了一次课。我讲课的题目就是《爱情与道德的矛盾和超越》。爱情与道德本来是矛盾的，可是它后来超越了，那是什么缘故呢？中国小词形成以后，词评家、词论家对于其美感的认知和反省是经历了一些阶段。因此，王安石做了宰相就跟朋友说，做宰相的人还可以写这种有美女和爱情的歌词吗？这是表示他的困惑，表示爱情跟道德是矛盾的。言下之意是做了宰相你就应该讲道德，怎么还写爱情的小词？

宋人的笔记也有这样的记载，有一个学道的人叫法云秀，就跟黄山谷说，"诗多作无害"，先生常常写一点诗，这没有害处；"艳歌小词"，宋人是把词叫作"艳歌小词"，法云秀对黄山谷说，"艳歌小词可罢之"。那天我在南开讲课，学生们就问，老师为什么老说"小词"呢？我说这"小词"有两种意思：一个是因为词的篇幅短小。词就是歌词。它只是填一首歌词。所以不会是长篇大论的文章，词人不会写像杜甫的《自京赴奉先县咏怀五百字》《北征》那样的几百几千字的长诗。词篇幅短小，所以就叫小词。

另一个是古人认为，文章是载道的，诗是言志的，所以杜甫可以说"致君尧舜上，再使风俗淳"。小词就是写相思、写怨别、写美女、写爱情的，它的内容是不重要的，因此我们老说"小词"，小词是不合乎当时的道德的。一直到宋朝的时候，王安石心里边还有困惑，他说做宰相还能够写小词吗？黄山谷的朋友法云秀就说黄山谷"艳歌小词可罢之"，即你作为一个读书人、一个诗人，那些"艳歌小词"你就不要再写了，"可罢之"。所以小词中写的爱情跟道德本来是矛盾的。

可是爱情与道德的矛盾，怎么从矛盾就超越上去了呢？张惠言居然看到小词可以表现"贤人君子幽约怨悱不能自言之情"。这就很奇妙了。我们当然可以有词为证。我们现在就看一首词，这就是小词之所以微妙的地方，冯延巳的《鹊踏枝》：

> 谁道闲情抛掷久？每到春来，惆怅还依旧。日日花前常病酒。不辞镜里朱颜瘦。　　河畔青芜堤上柳。为问新愁，何事年年有？独立小桥风满袖。平林新月人归后。

冯延巳写的《鹊踏枝》是伤春怨别的小词。《鹊踏枝》是一个曲子的牌调。"谁道闲情抛掷久"，那些伤春怨别的闲情，不是什么正经的公事，是很无聊的。每天这样相思、惆怅，是为了什么呢？所以要把它抛掷、丢开，要跳出闲情之外，而且我努力了很久，"抛掷久"。在"闲情抛掷久"，前面冯延巳用了两个字把它都转回来了，是"谁道闲情抛掷久"，谁说我真的把它抛弃了呢？真是低回婉转，如李后主说的"剪不断，理还乱，是离愁"。"每到春来，惆怅还依旧"，每当春天来的时候，那一份莫名的哀愁又出现了，是"惆怅还依旧"。"日日花前常病酒"，即当春天花开的时候，我每天都在花前饮过量的酒，饮到"病酒"的程度。为什么要在花前饮酒？为什么要饮到"病酒"？杜甫曾经有两句诗，他说"且看欲尽花经眼，莫厌伤多酒入唇"。李后主的词说："胭脂泪，相留醉，几时重？自是人生长恨水长东。"你为什么花前要"病酒"？"且看欲尽花经眼"，花是一定会落的。"欲尽"，马上就要完全落光了。"经眼"，即亲眼看到。正如《桃花扇》里边最后的那一段曲子说的"眼看他起朱楼，眼看他宴宾客，眼看他楼塌了"。

　　有一年春天，我带我女儿到祖国大陆去。我们都在北京师范大学教书，我教古典的诗词，她教英文。我们住在友谊宾馆。那天早晨，我们出来吃早点，看到门前一树北京特有的一种花，叫榆叶梅，开得非常好。我们说这花开得这么美，现在要赶去上课，没有时间，下课回来给它照个相，我们两个人就都去上课了。你知道北京的春天，那个风沙之可怕，就在我们上课时候起了风。那黄沙、黄土、黄尘满天地飞舞。我们下课再要给它照相，花已经面目全非了。它开放的时间真是短暂。"林花谢了春红，太匆匆"，而且还"无奈朝来寒雨晚来风"。从含苞怒放到现在你眼看它零落了，花的美好的日子不多，所以杜甫说"且看欲尽花经眼"，你就"莫厌"，你就不要推辞"伤多酒入唇"。因为你今天不为它喝酒，明天你再要喝酒，花已经没了。所以李后主说"胭脂泪，相留醉"，那红花上的露珠都像是女子胭脂脸上的泪痕，就是它带着眼泪留你，说今天我这朵花还在这里，请你再为我喝一杯酒，"胭脂泪，相留醉"，因为"几时重"。你什么时候再能为我这朵花喝一杯酒？

你说，明年还有花开。这个古人说得好，"君看今日树头花，不是去年枝上朵"。明年的花不是今年的花了，不是今年的这一朵花了，所以"胭脂泪，相留醉，几时重"。"不辞镜里朱颜瘦"，"日日花前常病酒"。我因为病酒，所以憔悴、消瘦，而且我不是不知道我的消瘦。"不辞镜里朱颜瘦"，我对着镜子看到了我"镜里朱颜瘦"，但是我"不辞"，我不推辞，不逃避，我宁愿为这花而"病酒"，而憔悴、消瘦。读小词就要读出它的一些深意。

小词表面上很简单，伤春病酒。可是小词的妙处就是它里边蕴藏的丰富内容。"朱颜瘦"前加上"镜里"两个字就非常妙。我的朋友抽烟抽得很厉害。多少人劝他戒烟，他都不肯戒。忽然间有一天检查身体，医生说："你的肺有了问题，你一定要戒烟。"他就戒了。因为他知道他的病，他就戒了。不知道你的消瘦，你就会"病酒"。可是在"镜里"，你清清楚楚看见了，你知道自己消瘦了。"不辞"，即我不逃避，我仍然愿意为它而消瘦，这就是深一层的意思。香港的饶宗颐先生说："'不辞镜里朱颜瘦'，鞠躬尽瘁，具见开济老臣怀抱。""不辞镜里朱颜瘦"，我愿为他付上一切的代价。"鞠躬"，把身体完全奉献出去；"尽瘁"，"瘁"，把劳力也完全奉献出去。这是开济老臣的胸怀抱负。"开"是开创；"济"是挽救。当年协助他开创，我现在要帮助他挽救一个国家。说的是谁？就是刚才《鹊踏枝》的作者冯延巳。

为什么饶宗颐说他是"开济老臣"呢？因为冯延巳的父亲冯令頵辅佐南唐开国的先祖李昪开创了国家。后来到了中主的时候，中主跟冯延巳两个人从青年时代一起长大，而且两个人都喜欢小词。中主做太子、做吴王的时候，冯延巳就为他掌书记，做他的秘书。中主做了国君，就让冯延巳做他的宰相。可见，两个人关系密切。我们常常说一个人的命运中有幸运的时候，也有不幸的时候。可是居然有一个人，他生来就注定是一个悲剧人物，这个人真是太不幸了。冯延巳就是这样的人，他的父亲跟南唐的密切关系；他自己跟南唐中主的密切关系。他在南唐中主的时候做到宰相，而南唐是一个必亡的国家。你跟一个必定灭亡的国家有如此密切的关系，你无法逃避，你一定要为国家奉献一切的力量，必须要"鞠躬尽瘁"。

"鞠躬尽瘁"的典故是出自三国时代的诸葛亮的《出师表》。诸葛亮说："先帝三顾臣于草庐之中，咨臣以当世之事，由是感激，遂许先帝以驱驰。"三顾草庐，即先主刘备三顾茅庐，到我的草庐之中请我出来；"咨臣以当世之事"，咨询天下的大事，并将大事委托给我；"由是感激"，我内心感激；"遂许先帝以驱驰"，因此我就答应了先帝，我为他效劳。在《后出师表》中，诸葛亮说："臣鞠躬尽瘁，死而后已。"饶宗颐先生说冯延巳"不辞镜里朱颜瘦"等几句词，也是"鞠躬尽瘁，具见开济老臣怀抱"。

《踏鹊枝》这首词还有后边几句，我们刚才说到前半首。后半首说"河畔青芜堤上柳。为问新愁，何事年年有？"河边的青草又绿了，堤上的柳条又在飘拂了。每当河边的草绿的时候，每当岸上的柳青的时候，就有了闲愁。"为问新愁"，去年春天我就有过闲愁，想你把这闲愁抛掉了，可是没想到今年当草再绿的时候，柳树再青的时候，这新愁又回来了。它是一种脱离不了、摆脱不掉的忧愁。所以冯延巳说"河畔青芜堤上柳。为问新愁，何事年年有？"

"独立小桥风满袖。平林新月人归后。"到日暮黄昏，你出来也许是游春。日暮黄昏，你一个人站在小桥上。小桥不是居留的所在，而是过往的所在。桥只是让你经过，你为什么就站在桥上不走了呢？而且桥是四无遮拦的，不能遮风，不能避雨。四面寒风，你为什么要站在这个地方？"独立小桥"，当然就"风满袖"，在衣袖当中灌满寒风。一直到"平林新月人归后"，远远的那一片树林，月亮已经升上来了，所有过往的行人都已经回家了。

饶宗颐先生说："'不辞镜里朱颜瘦'，鞠躬尽瘁，具见开济老臣怀抱；'为问新愁，何事年年有'，则进退亦忧之义；'独立小桥'二句，岂当群飞刺天之时而能自保其贞固，其初罢相后之作乎？"这就要进一步了解南唐的历史。当冯延巳在南唐做宰相的时候，北方的五代梁、唐、晋、汉、周中后周逐渐强大起来，南唐朝不保夕，处于危亡的风雨飘摇之中。他作为一个宰相，这个时候，要采取什么样的谋略和政策？北方的后周如此强大，进不可以攻，因为没有足够的武力去攻；退不可以守，他也知道是守不住的，而且满朝的文武当然要争论是战还是守，这是当时南唐的形势。在强大的北周威胁之下，有的是主战的，有的是主和的，是战还是和？是战还是降？当时南唐真是没有办法呀！而且在党派的攻讦之中，那些主和的一定攻击主战的，主战的一定攻击主和的。做宰相的能不受到攻讦吗？南唐冯延巳的弟弟曾经带兵跟一些五代十国的小国作过战，而且战败了。因此，他要忍受所有朝廷的人对他的攻击。

他能够保存这个国家吗？能够保全自己吗？他能怎么样呢？因此冯延巳就把他作为一个宰相，进不能够攻，退不能够守，而又忍受所有人的攻击，没有办法辩白，也没有办法说明；他那种闲愁，他那种不得已，无形之中在小词之中流露出来了。未必像张惠言等人所说，也未必像饶宗颐先生所说的，他就是要表现一个开济老臣的怀抱，他就是要表现进退亦忧。冯延巳在写这首词的时候，他的显意识里边不见得要表现开济老臣的怀抱，也不见得要表现进亦忧退亦忧。可是，他处在那样的环境之中，他有了这样的心情，他无形之中就表现出来了。

我在以前多次讲到小词的微妙。小词里边有丰富的含义：一个是因为双重的性别，作者是男子，但是他要写相思怨别的妇女；另一个是双重的语境（context），就小环境而言，在南唐的国土之内，他可以享乐，可以听歌看舞；可是大环境，在北方巨大的压力之下，他是朝不保夕。是双重的性别、双重的语境使得小词很奇妙，作者未必有此意，可是小词产生的时代背景，使它有了这么一种微妙的内涵。

为什么王国维说南唐中主的《摊破浣溪沙》（菡萏香销翠叶残），"大有众芳芜秽，美人迟暮"的悲哀和感慨呢？从词产生的早期五代温庭筠、韦庄、冯延巳、南唐中主的小词，就有了双重的语言背景，就有了这样一种"幽约怨悱不能自言"的感情。能够说吗？不能够说。然而是不是有这种忧愁，是不是有这种情意？可能是有的。

现在讲的在五代的危亡之世，大家有这样的难言的感情。那么我们就再看一首北宋的词，苏东坡的《水龙吟》。这是苏东坡有名的咏杨花的词：

> 似花还似非花，也无人惜从教坠。抛家傍路，思量却是，无情有思。萦损柔肠，困酣娇眼，欲开还闭。梦随风万里，寻郎去处，又还被莺呼起。　不恨此花飞尽，恨西园、落红难缀。晓来雨过，遗踪何在，一池萍碎。春色三分，二分尘土，一分流水。细看来

不是，杨花点点，是离人泪。

苏东坡这首杨花词很有名。但是有的人把他写作的时间弄错了。因为这首词前面说他是"次韵章质夫杨花词"。章质夫是苏东坡的一个朋友。有一段时间章质夫和苏东坡两个人同时在朝廷里边做官。他们就认为这首词是两个人都在朝廷里做官的时候写的。这是错误的。他们两个人是曾经同朝为官，可是苏东坡写这首词不是同朝为官的时候。作于什么时候呢？是苏东坡经过多次贬逐，辗转到各地，由杭州而密州，而湖州，然后被关在御史台的监狱里边，险些被处死，九死一生，从御史台监狱放出来，到黄州以后写的这一首词。所以你一定要了解他写作的背景，才能真正体会他的情意。

苏东坡果然是一个天才，说得真的是很好："似花还似非花。"据说宋仁宗的时候，欧阳修做主考官，选拔了苏东坡，非常欣赏他的才能，当时仁宗皇帝也欣赏苏东坡的才能，本来当时就要给他一个很高的官位。有人说，这青年人刚刚考上，还是让他锻炼一阵子再提拔他吧。有时命运就不是人可以掌握的。苏东坡的母亲去世了，古代父母之丧都是三年，因此他守了母丧三年。母丧刚刚过，父亲又去世了，他又守了父丧三年。等他守丧期满，回到朝廷，已经是神宗时代了，王安石已经实行变法了。而苏东坡是从四川过来的，一路上看到新法施行过程中产生的一些不好的影响。新法有它的好处，有它的理想。可是要改变旧日的成法，一定会产生一些混乱；所以古人常常讲"利不百，不变法"，不要轻易地谈改变，因为改变的时候一定会引起很多波动。他看到新法扰乱人民的一些不好的方面，所以他对新法有一些意见，他就因论政不合时宜被分配到外地去做官了。

苏东坡去了很多的地方，他曾经到杭州，人家说杭州这么好的地方，他出官在外，还跑到这么好的地方，每天还可以饮酒作诗，就把他调到密州去了。密州在北方，是个比较贫苦的地方。后来又把他赶到湖州去了。到湖州以后，他写一个谢上的表文，他说，陛下知道我老不更事，可以"牧养小民"，现在是"难以追陪新进"。一些人认为他发牢骚，认为这是毁谤朝政，所以把苏东坡抓到御史台的监狱里关起来了，而且据说本来要把他处死的。后来从御史台监狱放出来以后把他外放到黄州，这是他在黄州写的词。你说苏东坡他是有才能还是没有才能？有理想还是没有理想？苏东坡当然是有才能、有理想的人。你看苏东坡的传记，说他小的时候，他母亲教他读《后汉书·范滂传》，说范滂当时登车揽辔，有澄清天下的理想，苏东坡说我也愿意做这样的事情，这说明苏东坡是有理想的人。

你说杨花它是花，它开了吗？"似花还似非花"，柳绵、柳絮，就是杨花，可是杨花没不像万紫千红的花朵那样艳丽，也不像那些花朵一样留在枝头上那么长久，杨花一开出来就飞了。别的花尽管它的花期短暂，"且看欲尽花经眼"，它毕竟还经眼了，你看见它开了。杨花一开就被风吹落了，所以说"似花还似非花，也无人惜从教坠"。我们大家爱惜花，爱你的人送你一枝红玫瑰，你用一个瓶子把它插起来。每天你会看它，很珍贵。有人面对这满天飞舞的柳花有什么珍重爱惜吗？没有。就任凭杨花无声无息地飘落。

"抛家傍路，思量却是，无情有思。"苏东坡一生多少年都是流转在外，后来最远贬到儋州，即海南。他一生流转漂泊各地，真是"抛家傍路"。所以他说自己是"望断故园心眼"，什么时候回到四川的老家？不知道。"任是无情也动人"，就算把感情抛却了，把个人的得失放开了，但是国家政治的败坏，政治上的党争，他怎么能够看得过去？那个"思量"还是在的，他的关心还是在的。

《论语·微子》上说孔子带着他的学生各地方周游，看到有长沮、桀溺在旁边种田。孔子叫子路去问路，长沮说："你是谁的学生？"子路说，是孔子的学生。桀溺说："滔滔者天下皆是也，而谁以易之？"堕落、败坏的国家的政治就是如此的。你跟随你的老师，累累若丧家之犬地各处去找一个国家来任用你。桀溺还说："与其从辟人之士也，岂若从辟世之士哉？"即你与其跟着你的老师从躲避这个人群，到那个人群，又逃离那个人群，到另外一个人群，你想找到天下一块安静的乐土，你找得到吗？你与其跟你的老师东跑西跑的避人，不如避世，我不要做官。我根本不沾染这些东西，我就在这里种田。子路回去就把种田的长沮、桀溺的话告诉他的老师了。孔子说："鸟兽不可与同群，吾非斯人之徒与而谁与？"我们毕竟是人，跟那些禽兽是不一样的。你就在山林之中跟鸟兽为伍了吗？鸟兽不是我们同类。"吾非斯人之徒与而谁与？"我不跟与我相同的人类在一起，我跟谁在一起呢？"斯人"就是这些人类。"吾非斯人之徒与"，就是不跟他们在一起，"而谁与"，我跟谁在一起呢？

张惠言在《水调歌头》中说："便欲诛茅江上，只恐空林衰草，憔悴不堪怜。"就算要离开这个尘世，在江边上盖个茅草的房子，那时候孤独、寂寞、苦寒的你就能独善其身了吗？"萦损柔肠，困酣娇眼，欲开还闭。"苏东坡说，就在我飘转之中，如果柳絮是有知的，它真有柔肠，有多少千回百转？因为青青的柳叶，像个眼睛。我的眼睛是睁开还是闭上的？"梦随风万里"，我要飘到哪里去？我的梦是"随风万里"，要飘到万里之外去。"寻郎去处"，要找到我所爱的、所要依附的那个人。"又还被莺呼起"，就被一声黄莺鸟的啼叫把我从那美好的梦中唤醒了：醒来以后，我就发现春天已经过去了。

"不恨此花飞尽，恨西园、落红难缀。"我所恨的不是柳絮飘完了。屈原的《离骚》说："余既滋兰之九畹兮，又树蕙之百亩"，"虽萎绝其亦何伤兮，哀众芳之芜秽"。我的花落了算什么？我恨的是"西园"所有的花都落了。"晓来雨过，遗踪何在，一池萍碎。"早晨的一场雨把柳絮都打湿了，你找不到它了。柳絮跑到哪里去了？苏东坡在这首词后本来还有一个注解，"一池萍碎"，说柳絮落水就变作浮萍。这是非常不科学的，是想当然耳。

苏东坡常常说想当然耳的话。据说他在参加科举考试的时候，欧阳修出的考题是"刑赏忠厚之至论"，是说赏罚都要有一种仁慈的用心。苏东坡就作了一篇文章，说是尧的时候，皋陶做法官，尧曰赦之者三，皋陶曰刑之者三。说这个天子跟法官碰到一个罪人。天子说要饶恕、赦免他，法官说要制裁他，说了三次赦免，又争了三次的制裁。是赦免他，还是制裁他呢？这是欧阳修的用心。因为欧阳修的父亲也曾经判过案。欧阳修强调的就是你不要轻易地判一个人死罪。你要千方百计替他找一个减免死罪的办法，实在不能够减的时候，不得已才判他死罪。不是一上来大刀阔斧就判他死罪，那是不可以的。欧阳修看到苏东坡这篇文章心想："我怎么不知道这个出处呢？"后来他一看这个文章作得这么好，这个人肯定有学问。一定是他读过这本书，我没读到。等到苏东坡考上了，来见欧阳修，欧阳修就问苏东坡：请问你那天考试的卷子上所谈到的典故出处在哪里？苏东坡说："想当然耳。"所以苏东坡想象这柳絮就变成浮萍了，"晓来雨过，遗踪何在，一池萍碎"。

"春色三分，二分尘土，一分流水。"我们如果说春色有三分，现在春天消逝了，二分的花就零落在尘土了，一分的花就"流水落花春去也"，就随流水飘走了。"细看来不是，杨花点点，是离人泪。"苏东坡说，你仔细看一看，那飘飞在空中的是杨花吗？看来不是，还要注意这里的文法。很多人按照新的文法来标点："细看来不是杨花，点点是离人泪。"这文法很通顺了。文法虽然通顺，但是词不可以这样断句。就是要有一个顿挫，有一个停顿；有一个徘徊，有一个转折。"细看来不是杨花"，这说的是大白话，很明白了，但不能这样念。"细看来不是，杨花点点，是离人泪。""杨花点点是春心，替风前万花垂泪"，这是南宋人的词，说飞在满空的杨花点点，就是春神的那一份心意。

为所有的花的零落而落泪，它是天心慈爱的万点泪痕。那飘舞在空中的柳絮，是春神为那些落花飘下来的泪点。

这当然是苏东坡的一首婉约的词，有如此的低回转折。豪放的词有没有低回转折？我简单地念一遍辛稼轩的《水龙吟·过南剑双溪楼》。南剑是南剑州，是在福建的一个地方。南剑州有一个楼叫作双溪楼，在两条水上的一个楼叫双溪楼，而这两条水是有一个故事的。据说晋朝时有一个宰相叫张华，张华懂得天文地理。有一次，张华看天上的天象，看见有一条光气在斗、牛（天上的两个星宿）之间。说斗、牛之间有光是什么意思呢？中国古代向来就相信天象和人事是相应的。张华就找来他的一个朋友，这个朋友叫雷焕，让他看一看这个光是什么意思？雷焕就说："这是宝剑之气上冲于天。"张华就问雷焕："剑在何处？"你说这是剑的光芒，剑在哪里？雷焕就说剑是在豫章丰城。张华说："好。"张华是宰相，就派雷焕去那里做地方的长官，雷焕就到那里去了。

到了以后，雷焕就仔细地观察这个光，是从一个监狱里冒出来的。因为他是长官了，他就到那个监狱里面去，在那冒出光的地方，挖掘这个监狱的屋基。就得到两把宝剑——龙泉、太阿。张华自己留了一把，另外一把给了雷焕。而晋朝不久就发生了八王之乱，很多人都在战乱之中死去了。张华死了，他的宝剑不知道归向哪里了。而雷焕呢，不是战乱死的，雷焕是善终，所以雷焕就把宝剑给了他的儿子雷华。有一天，雷华腰中佩戴着这把宝剑，经过这条溪水。这个故事你要去看《晋书》。《晋书》是中国历史书里边有很多神话故事的一本书。他走到溪水边，宝剑自己从剑套里跳出来，就落到水里边去了。雷华说："这是我父亲留给我的传家之宝，怎么掉在水里了？"就赶快找来会游泳的人，让他们下水去找剑。这些人就下水，找了半天上来了说："没有找到宝剑，我们就看到两条龙在水里游走了。"这两把剑因此被称为龙剑。"张公两龙剑"，这是李太白说的。辛弃疾经过双溪楼，就写了一首词：

> 举头西北浮云，倚天万里须长剑。人言此地，夜深长见，斗牛光焰。我觉山高，潭空水冷，月明星淡。待燃犀下看，凭栏却怕，风雷怒，鱼龙惨。　　峡束沧江对起，过危楼、欲飞还敛。元龙老矣，不妨高卧，冰壶凉簟。千古兴亡，百年悲笑，一时登览。问何人又卸，片帆沙岸，系斜阳缆。

不仅小令有词的美感特质，长调也有词的美感特质；不仅婉约词的好词有词的美感特质，豪放词里，只要是好词，都有这一份美感的特质。这一份美感的特质是什么？

最早的就是张惠言说的，"贤人君子幽约怨悱不能自言之情"。还不止是如此，后边还有一段话，清朝的另外一位词学家陈廷焯在《白雨斋词话》中说："所谓沉郁者，意在笔先，神余言外。"小词的篇幅虽然短，但是你要写，要写得"郁"（沉重），要写得"厚"（丰厚）。心里面一点感动都没有，只是拼拼凑凑的一些空泛文字，那是不可以的。要"意在笔先"，而且要"神余言外"。你的精神要流出在语言之外。"写怨夫思妇之怀，寓孽子孤臣之感。凡交情之冷淡，身世之飘零，皆可于一草一木发之。而发之又必若隐若现，欲露不露，反复缠绵，终不许一语道破。"①这是词的美感特质。

要"发之又必若隐若现，欲露不露，反复缠绵，终不许一语道破"，所以冯延巳作为南唐这个必亡国家的宰相，他把那些难处说出来了吗？没有。他只说"日日花前常病酒，不辞镜里朱颜瘦"。苏东坡说，我虽然要为朝廷尽忠，但是我被关在监狱里，我现在没有办法尽忠了；而且被贬出京的人不仅是我苏东坡，还有我一群的好朋友呢！苏东坡在词中写道"似花还似非花，也无人惜从教坠。抛家傍路，思量却是，无情有思"，苏东坡把他的悲慨直接说了

①陈廷焯《白雨斋词话足本校注》上册，齐鲁书社，1983年，第20页。

吗？没有。我们现在看这首豪放词，辛弃疾说什么？他说"举头西北浮云"。他站在双溪楼上说：我举头一看就看见西北浮云。"举头西北浮云，倚天万里须长剑。"这两句辛弃疾写得真的是好。那天他登上双溪楼，天上真的有浮云吗？可以有，也可以没有。而"西北浮云"是有个出处的，中国古诗里有一句"西北有浮云"。辛弃疾就把这首词提升了一个层次。它不只是写实，写实也有个出处。他要把浮云扫除就需要一把宝剑。"倚天万里须长剑"，古人说，有一把倚天的长剑可以扫除天上的浮云。那宝剑在哪里？辛弃疾说就在双溪的水底下就有一把宝剑。"人言此地，夜深长见，斗牛光焰"，即当地的人传说就在双溪楼底下的水中，夜深就会常常看见在斗、牛两个星宿之间还有那片光芒。辛稼轩今天真的来到这里，那宝剑的光芒在哪里？

"我觉山高，潭空水冷，月明星淡"，我觉得四面都是包围的高山。"潭空"，这个底下的潭水是空冷的，什么东西都没有，没有一把剑在那里；"水冷"，水是很冷的。天上有宝剑的光吗？没有。"月明星淡"，要找一把宝剑扫除西北的浮云，辛弃疾本身是北方沦陷区出来的人，这可能带着辛弃疾收复自己北方的北宋故国的理想，"我觉山高，潭空水冷，月明星淡"。有没有那把宝剑，我就要下去找一找。

"待燃犀下看"，这又用了一个典故，还是晋朝人的典故，温峤曾经过牛渚，人家说水里边有水怪。温峤说，我要打着火把下去看一看到底有没有水怪。火把一到水里就灭了，有人说不能打着火把下去。犀牛的牛角燃烧起来下到水里就不会灭。温峤说："好。""燃犀"，就把一个犀牛角点着了，拿到水里边看。《晋书》上说，温峤就看到水里边有很多怪物，有穿着红衣服的，骑着马的……辛弃疾说"待燃犀下看"，即走下这个潭水去看。可是"凭栏却怕，风雷怒，鱼龙惨"，即我要下去，但还没下去，天上的风雷都被惊动了，鱼龙都惨变了。因为在南宋的时候，没有人让辛弃疾去反攻的。

　　"峡束沧江对起，过危楼、欲飞还敛。元龙老矣，不妨高卧，冰壶凉簟"，即现在两边的山都把我限制住了。这是外边现实的景物，也是辛弃疾当年的心情。他虽然是壮志激昂慷慨，他真的能够有所作为吗？他没有办法有所作为。"峡束沧江对起"，即现实不能让我有所作为，我被山给束缚住了，我飞也飞不出去了，所以"元龙老矣，不妨高卧，冰壶凉簟"，即我像陈元龙一样老了。陈元龙年轻的时候，说是不求自己个人的享受，要以天下为志意的。辛弃疾说，可是我已经老了，也不妨高卧，就自己休息两天吧。喝一杯冷饮，铺一张凉席。不用我，我就在乡闲居。因此，辛弃疾底下说："千古兴亡，百年悲笑，一时登览。"历史的兴亡如在眼前。北宋怎么样灭亡，南宋能不能恢复，南宋是不是又走向了灭亡？国家是千古的兴亡，辛弃疾是"百年悲笑"。人生一世不过百年，辛弃疾一生，从"壮岁旌旗拥万夫"，本以为转眼就可以恢复中原，怎么会想到在江南四十年，有二十年放废闲居。辛弃疾感叹自己：我现在老去无成！不管是对国家千古兴亡的悲慨，还是对辛弃疾百年身世的悲慨，"一时登览"，即当我登上双溪楼，千古兴亡、百年悲笑的感慨，一时都涌上心来。

可是我能够做什么？我看一看下面的水边，一艘船停下来。"问何人又卸，片帆沙岸，系斜阳缆。"这是什么人？什么人把船停下来不走了？在沙岸的旁边，把那片帆卸下来。我刚才特别跟大家说，小词一定要按照它的停顿来念。不可以念成"问何人又卸片帆"。可是句法有顿挫，"问何人又卸，片帆沙岸，系斜阳缆"，而且这个船不打算再前进了，它不但停下来，还把帆卸下来，把船缆系在岸边，它不走了。辛弃疾心中想的是为什么南宋彻底沦落到再也没有人奋发了呢？

正如张惠言说的"贤人君子幽约怨悱不能自言之情"；陈廷焯说的"而发之又必若隐若现，欲露不露，反复缠绵，终不许一语道破"。《史记·伯夷列传》正是把司马迁的所有悲慨，对于他自己受到宫刑的不平，对于他自己要为天下千年万世立一个标准，写出传记的那种理想和抱负，都融在文章里了。可是他没有直接说出来，真是掩抑低回的。《伯夷列传》虽然不是小词，但是它的章法是有小词的美感特质的。

　　讲得很潦草，对不起大家，谢谢！

陈曾寿词中的遗民心态

我们今天要讲的是另外一个人，他也是有"贤人君子幽约怨悱不能自言之情"，他就是晚清时代的一个作者，名叫陈曾寿。我讲的题目是"陈曾寿词中的遗民心态"。

什么叫"遗民"？在这里"遗民"一词有两层含义，广义的遗民即前一个朝代灭亡了，后一个朝代留下来的前朝人都是遗民；狭义的遗民是曾经在前一个朝代仕宦过，到了新朝是不出仕的，这样的人就叫作"遗民"。中国历代都有遗民，我们背诵的"彼黍离离，彼稷之苗"，就是西周败亡以后，西周的遗民所作。可见，中国遗民的诗是古已有之。中国历史上有那么多朝代，每一个朝代都有兴亡，每一个朝代都有遗民，也都有遗民的诗词。

南宋败亡之后，王沂孙、张炎、周密等人所写的就是遗民之词。遗民有各种不同的情况，元取代了宋、清取代了明，都不仅仅是朝代的改变。南宋的遗民是光明正大、理直气壮的，因为南宋是败亡于异族，即属于少数民族的蒙古人的手中。作为南宋遗民，可以忠义奋发。明朝也是，明朝灭亡了，清朝初年的那些遗民，也是可以理直气壮地去做遗民，因为入关的是满族。唐朝变成宋朝了，但是做皇帝的依然是汉族人。可是南宋亡了，元朝皇帝是蒙古人；明朝亡了，清朝皇帝是满族人。于是我们就看到，南宋末年的遗民词、明朝末年的遗民词都写得非常深刻、感人，真是让人千古唏嘘。

陈曾寿[①]也生在一个改朝换代的时候，可是陈曾寿很不幸，他做的是"末代遗民"。清朝灭亡，帝制废除，改称民国。一般只有在专制帝王统治的时候，改朝换代才有所谓"遗民"，现在没有帝制了，都是民主、选举、共和，就无所谓遗民了。而他作为"末代遗民"之不幸是因为他自己是汉族人，而他所要忠于的清朝是满族人所建立的。陈曾寿跟宋、明的遗民不同，宋、明的遗民是理直气壮的，而他不但作为汉族人要忠于满族建立的清朝，而且面对新文化的到来，他对旧文化仍有一种留恋之情，他不能接受这种骤然变化，因此他有更深重的悲哀。

陈曾寿不但有更深重的悲哀，而且他的处境也与其他人不同，我们可以从《苍虬阁诗跋》中看出陈曾寿的家世。《苍虬阁诗集》是陈曾寿的诗集。他们家里原来藏有元代著名书画家吴镇所画的一幅《苍松图》，陈曾寿把他自己的

①陈曾寿（1878—1949），字仁先，湖北蕲水人。光绪二十九年癸卯进士，官至广东道监察御史。入民国不仕，奉母卜居杭州南湖。

书房叫做"苍虬阁"，诗集因此也被称作《苍虬阁诗集》。《苍虬阁诗集》的后面有他三弟陈曾矩所写的一篇跋文：

昔吾曾王父秋舫公，当嘉道之际，以廷试第一人官京朝，名所居曰"简学斋"。值国家承平，所为诗雍容和雅，名重公卿间，承学之士，无不知《简学斋诗》者。已而敛黜才华，笃志于学，诗境一变，深思古抱，世或不能尽知也。纯德早世，著述未竟，仅以诗传而已。

逮王父小舫公居谏垣，拾遗补缺，弹劾权幸，无所回避，直声震朝野。逝世以后，吾父家居未仕，至伯兄，始复以进士官京曹。当光绪末年，朝列风气，已远非昔比，不数载，遂遭黍离之痛。自是以来，二十余年，流离转徙，历古人未经之奇变，生平志事，百不一酬，而繁冤极愤郁结，侘傺幽忧之情，乃一寓之于诗。盖上距殿撰公官京朝时，甫逾百年，而陵谷迁异，心境悬绝，若相隔亿万年以外。

吾每取《简学斋诗》与兄诗并读之，家国身世之感，何如耶？殿撰公尝著《诗比兴笺》，谓读古人之诗，当考其时世，观其际遇，以意逆志，而得其比兴微旨之所在。故居千百世以下，笺注千百世以上之作，使古人难言之隐，跃然楮墨之间焉。且诵诗论世以知人者，因其世变以知其人之志所之，而即因其人之志以知其世变之真，二者交相明也。

我之所以要念这篇跋文的缘故，是因为它可以说明陈曾寿为什么不能解脱？为什么一个汉族人要忠于清朝？已经革命了，他为什么依旧要忠于清朝的帝制？而且溥仪已经被日本人挟持到了东北，成立了伪满洲国，他为什么还追随溥仪到了伪满洲国？这样的一个人，大家从来都不讲他的诗词。可是以词来说，正是因为他有很多"贤人君子幽约怨悱"的感情，他有很多不得已的地方，他没办法说出来，他的词之造诣所以更高，也更有文学价值。

孟子曾说："颂其诗，读其书，不知其人，可乎？是以论其世也。"我们讲苏东坡的词，就要知道他的词《水龙吟》是写给什么人的，是在什么样的情境下写的。我们说现在西方的文学理论讲语境（context），语境即作者是在什么样的语言环境之中写出来这样作品的。陈曾寿词集名《旧月簃词》出自姜白石的一首词，姜白石写过有名的《暗香》和《疏影》，《暗香》开头一句是"旧时月色，算几番照我，梅边吹笛"，意思是：从前的月亮曾经照过我，我有过美好的生活，可现在却已物是人非了。这是"旧月簃"的由来。

昨天我跟朋友去看了李安的《色，戒》，我觉得这部电影真是拍得非常好，李安的电影里探讨了人类的心灵、感情、政治、道德等深刻问题，而他没有明白说出来。和我一起去看电影的朋友说，在张爱玲的小说中，易先生后来处死了王佳芝，易先生说了一句话"她生是我的人，死是我的鬼"。那不错，张爱玲在小说里是这样说，而李安的好处正在于没有说。正如司马迁在《史记·伯夷列传》中所讲："傥所谓天道，是邪非邪？"谁对谁错，谁善谁恶，有时是很难判断的一件事，因此李安把很多问题留给了观众。

　　我看完电影后说："电影所写的时代是我曾经生活过的。"王佳芝读大学的时候是在抗战之中，即是20世纪40年代。我读大学是1941年入学，1945年毕业，正是那个时代。我知道那个年代种种的"不得已"的情况……电影上所有唱的歌曲，都是我当时耳熟能详、能够唱的歌曲。我一直生长在沦陷区，没有机会像电影里那些学生一样去参加抗战救亡，但是那个时代我是可以体会和了解的。很巧合的是，我近来所讲的诗人、词人都有不得已的感情的。正是这种种不得已的感情才成全了文学、电影，因为李安表现出了难以言说的感情。

　　王佳芝和易先生的故事发生在什么样的时代？陈曾寿的诗词又是写作在什么样的时代？要回答这一问题，我们不能不对陈曾寿的家庭先有一个了解。清朝虽然是满族来统治中国，可是清朝统治了中国有将近三百年之久，而且清朝也有所谓的"康乾盛世"。那时很多汉人有的几世都在清朝仕宦，他们已经认同了清廷这个朝代、这个君主，陈曾寿的家庭就是如此。在陈曾寿的弟弟给《苍虬阁诗集》所写的跋文中说："昔吾曾王父秋舫公，当嘉道之际，以廷试第一人官京朝，名所居曰'简学斋'。"传统上称祖父为"王父"，曾祖父为"曾王父"，陈曾矩说：我的曾王父是秋舫公。秋舫公即写过《诗比兴笺》的陈沆。

听到诗总讲"比兴"，很多人先就有一个成见，认为这太古老了，是牵强附会。可是要从广义的比兴来看，就是所谓的"言外之意"。如果用西方的接受美学来说，就是在作者和读者之间的文本（text），作者所用的语言文字作为一种符号（sign），有很多的可能性（possibility）。因此现在讲符号学（semiotics）、接受美学（aesthetics of reception），就是说文本里边包含多种可能性。

比兴是中国的传统，一开始《毛诗·大序》就提出了比兴，因此后来就被比兴的观念所限制了。张惠言《词选·序》上说："盖诗之比兴，变风之义，骚人之歌，则近之矣。"他说小词常常给人很多言外的联想、多种可能性。为什么饶宗颐先生读到冯延巳的《鹊踏枝》会说这是"鞠躬尽瘁、开济老臣"的怀抱？为什么张惠言读到韦端己的几首《菩萨蛮》，说这是在唐朝灭亡以后，韦端己怀念他旧日朝廷的作品？我们认为这都是牵强比附，都是拘执狭隘的限制，可是中国自古以来并没有什么符号学、诠释学、接受美学理论，找不到一个术语（term），因此只能简单地说"比兴"，这是不得已。

张惠言就说，小词里边包含了很多的可能性。你要注意他的用字，"盖"是"或然"的意思，即大概、或者，大概就相当于"诗之比兴"，相当于《诗经》里边的变风。《诗经》有正风、变风，《关雎》写美好的教化、幸福的生活，那是正风。当王道衰颓、社会紊乱的时候，就有了变风。词里边大概表现的都是变风。我为什么从司马迁的《伯夷列传》谈起呢？因为许多作品都是圣贤不得行其道的发愤之作。"文王拘而演《周易》，仲尼厄而作《春秋》"。小词也是作者不得已而写的"变风之意，骚人之歌"，就跟屈原被放逐而写《离骚》一样。

小词里边包含的多种的可能性大概接近于"诗之比兴，变风之义，骚人之歌"，张惠言找不到符号学（semiology or semiotics），找不到诠释学（hermeneutics），找不到接受美学（aesthetics of reception），当时没有这些术语，因此他不得不用传统的比兴、变风之义来说。小词里边有多方面的含义，如何来定义呢？王国维说这是一种境界，而这个"境界"又说得很模糊，而且王国维用得也很紊乱。这里用"境界"讲词，那里又用"境界"讲诗，所以一直到现在，我们还没有找到一个term来定义词里边的多种可能性。"比兴"太狭窄了，我们都用英文——hermeneutics、semiotics，这又完全西化了。我们虽然没有这些西方名词，但是我们的小词里就包含这些东西。我想到了沃尔夫冈·伊赛尔（Wolfgang Iser）①的一句话，他说，文本中有一种可能性（possibility），文本里边的可能性，这个名词太复杂了，我们就称之为"潜能"（potential effect）吧。好的词里都隐藏着多种潜能，就因为不能说出来，没有办法说出来，所以才具有多种潜能。

我们说司马迁对当时朝廷、汉武帝不满，对汉武帝处置李陵事件不公平表示不满，对他自己受到腐刑也很不满，这些司马迁在《史记》中都不能够明白地说出来。因此他在《伯夷列传》写道："傥所谓天道，是邪非邪？""天之报施善人，其何如哉？"最后他在《报任安书》中说，自己身

---

① 沃尔夫冈·伊赛尔（1922—2007），德国美学家、文学批评家，接受美学的创始人与主要代表之一。著有《阅读活动：审美反应理论》（*The Act of Reading: A Theory of Aesthetic Response*, John Hopkins University Press, 1978）。

受腐刑是"恨私心有所未尽，鄙没世而文采不表于后也"。司马迁做到了首尾相应，他要表现的是那些没能说出来的话，而其中所隐含的正是词的特美。

在诗里也应该有"潜能"，为什么我要特别强调词里才有这种特美呢？诗跟词有什么不同？因为诗是言志的，"言志"，即把自己内心的情感志意明白表现出来了。例如，杜甫说："致君尧舜上，再使风俗淳。"李白说："张公两龙剑，神物合有时。"而且诗有一个题目，题目说得明明白白，比如《闻官军收河南河北》。可是词没有，词就是给当时的流行歌曲所填写的歌词，不用写题目，而且在作者的显意识（consciousness）里也不用说：我写的是"鞠躬尽瘁、开济老臣"的怀抱。冯延巳不会这样想。可是以冯延巳和中主交往的感情之深，以他担任宰相的责任之重，他同时受到主战、主和两派政党的攻击。在两派政党的攻击之中，面对着进不可以战，退不可以守的局面，他不必说"我写的是开济老臣的怀抱"，他本来就具有开济老臣的怀抱。但冯延巳等人就是不得解脱，为什么他们不能很理智地处置这种感情？为什么他们不能"跳出三界外，不在五行中"呢？为什么就陷在中间不能自拔？中国古人说"看得破，忍不过"。也许在道理上能够明辨是非，但是在感情上却做不到。

记得我小时候读《论语》，《论语》里边也有这么一个故事，叶公对孔子说：我的家乡有一个非常正直的人，"其父攘羊，而子证之"①，即他爸爸偷了一只羊，儿子就给他告发了。这与"文化大革命"时期，妻子告丈夫，儿子告父母是一样的。当然我们可以说这是大义灭亲，这在中国古代也是被赞美的，因为你为了主持正义，把自己的亲人都告发了。可是孔子回答说："吾党之直者异于是。"孔子说：我们老家正直的人跟这里不同。孔子接着说："父为子隐，子为父隐，直在其中矣。"这句话是说：父亲要为他儿子隐瞒，儿子也要为他父亲隐瞒，正直就在里边了。我小时候读到这里觉得真是非常困惑，"父为子隐，子为父隐"真是不正直、不诚实。在中国儒家的道德中，错一步就成为对人的一种不正当的约束。

儒家所重视的不是一个死板的教条。孟子在评论古代的圣人时说，伯夷叔齐是"圣之清者也"②。我们讲了伯夷、叔齐的故事，伯夷、叔齐是圣人里的清者，他们认为暴君是不好的，而且也不能做暴臣，一步路都不能走错，也不

①出自《论语·子路》："叶公语孔子曰：'吾党有直躬者，其父攘羊，而子证之。'孔子曰：'吾党之直者异于是，父为子隐，子为父隐，直在其中矣。'"
②出自《孟子·万章下》："伯夷，圣之清者也；伊尹，圣之任者也；柳下惠，圣之和者也；孔子，圣之时者也。孔子之谓集大成。"

能做错事。伊尹是"圣之任者也"。孟子说，伊尹"五就汤，五就桀"①。桀是无道的，成汤革命攻打夏桀，但是伊尹五次到汤那里去，求汤的任用，他也五次到夏桀那里去，求夏桀的任用。不管是不是暴君，只要谁肯用我，让我能够拯救人民于水火，我就给谁用，这就是"圣之任者也"。孟子举了很多人的例子，如柳下惠是"圣之和者也"，最后他说，孔子是"圣之时者也"，时就是时机，就是说在什么场合应该怎么做，权衡其中的分寸是非常微妙的。儒家的道德并不容易持守，走错一步，就变成顽固的教条。

孔子也曾经说过，你交一个朋友，可与共学，也许你可以跟他一起学习，但是这样的人"未可与适道"，未必可以跟他一起达到道的要求。"可与适道"，即可以和他一起学道，可是"未可与立"，他也追求正道，但他持守不住，未必可以跟他一起按照规定行事。而最妙的是，孔子说的有一种人是"可与立，未可与权"，权，即权衡。即他能够持守，但是持守的分寸，差之毫厘，失之千里，可以跟他一起按照规定行事，未必可以跟他一起权衡情况而有所变通②。

①出自《孟子·告子下》："五就汤，五就桀者，伊尹也。"
②出自《论语·子罕》："可与共学，未可与适道；可与适道，未可与立；可与立，未可与权。"

我讲上面这些话都是为了要衡量、判断陈曾寿诗词的美感、意义、价值。刚才我们说到，陈曾寿的三弟陈曾矩在《苍虬阁诗集》的跋文中说，他的曾祖父陈沆是在清朝嘉庆、道光年间，以"廷试第一人官京朝"。所谓"廷试"就是通常说的殿试。科举有院试、乡试、会试、殿试四个等级。清代考中进士以后皇帝在朝廷有个廷试，选拔第一名就是状元。陈沆是廷试的第一名，做官在京师，当时"国家承平"，因此陈沆所写的诗"雍容和雅，名重公卿间"。陈沆的书斋叫"简学斋"。陈曾矩还提到他曾祖父陈沆的诗境为之一变，"深思古抱，世或不能尽知也"，写"才人之诗"的人不过有点才气而已；而有的人却可以写"学人之诗"。陈曾矩说他的曾祖父后来写的就是"学人之诗"，以诗传世。陈沆写过《诗比兴笺》《简学斋诗》。陈曾矩接着说，他的祖父曾经官至"谏垣"[1]，"拾遗补缺"，"直声震朝野"。他的父亲没有做官，一直到他的哥哥陈曾寿才又到朝廷做官。可见，陈家与清廷有着密切的关系。忠义的观念是深深地根植在家族的血脉中。

那么陈曾寿有怎样的遭遇呢？我们现在简单说一下。陈曾寿光绪二十八年（1902）考中乡试，第二年（1903）

---

[1]谏垣：谏官官署。

连捷就中了进士，做过刑部主事、学部郎中。可是1911年就爆发了辛亥革命。辛亥革命以后他的情况如何？同样是在陈曾矩所写的随笔中记载了这件事情，他说"辛亥八月十九夕"，即1911年的10月10日晚上，"武昌兵变，全家陷城中"。陈曾矩是湖北蕲水县人，在武昌兵变时全家被困城中。他们租了龙姓人家的房子，"在山之麓，城垣缭绕其上"，在山边上，城墙是顺山建造的，他们家就住在城墙边上的一个房子里。"逾两日，乃贿守陴者佯作不见，使家人登城，于僻处缒而下"，为了从武昌城逃出来，他们用钱财贿赂了守城之人，就逃出了武昌城，到江边雇了小舟，就回到他们在蕲水下巴河的故里。抵达老家以后，"乡间土匪蜂起，一夕数惊"。辛亥革命并没有使中国局势稳定下来，当时不但有军阀的混战，还有各个地方土匪的蜂起，我小时候常听人说乡下哪个地方有土匪来了。

"时伯兄官京曹"，陈曾矩说，他的大哥陈曾寿本来是在京师做官的。"闻变，请假乘京汉车南下"，陈曾寿就坐火车来到汉口。本来说回到武汉，但是一打听发现家人已经离开那里到达下巴河了，他也就来到了下巴河。因为乡间不能安居，陈曾寿就带着家人来到上海。"全家四十余人赁一小楼而居，室少人众，床褥不备"，即房子很小，人那么多，连床和被褥都不够了，因此"半席地以卧"，即夜里就睡在地上。"居久之，生计益困"，陈曾寿官也做不成，他们没有收入了。于是"唯卖旧藏字画以度日"，因为他曾祖父、祖父都做过官，家里收藏了一些字画，只能卖字画度日。

"亲友中有出仕民国者"，当时已经是民国了，清廷已经被推翻了，亲戚朋友中很多人就出仕了民国。"悯其贫"，见陈曾寿一家这样穷，就非常同情他们。"或不无推挽之意"，意思是就想推荐陈曾寿到民国去做官。"然知予兄弟宗旨，不敢出诸口也"，陈家历代是在清朝做官，他们对祖先十分孝敬，对清廷也就存在一种传统的、忠爱的情感。即使有人让陈曾寿出仕新朝，他也是不肯的。而且按照中国的旧观念，认为那是一种背叛。

武昌起义不久，各地军阀混战，孙中山把临时大总统的位子让给了袁世凯，而袁世凯是想做皇帝的，可见那时一般人的观念还没有完全转变过来。民国以后的一个时期军阀混战，土匪蜂起，一些人认为，这好像还不如有个皇帝在那里管着，因此他们就想有个皇帝也不错，于是袁世凯就要复辟做皇帝。而清朝的旧官吏也想要复辟，想要让宣统仍旧做皇帝，后来就有了张勋的复辟。当时陈曾寿也参加了复辟活动，上海的一个很有名的、跟王国维往来甚密的学者沈曾植也参加了这次复辟。张勋的复辟只有十二天就失败了。失败后，陈曾寿离开了上海，来到杭州，住到西湖边上，推窗可见雷峰夕照，雷峰夕照的旁边就是南屏晚钟。陈曾寿说，推开窗户，西湖的美景尽在眼前，所以他就在西湖隐居了十四年之久。

1931年发生了九一八事变。当时，日本人想利用溥仪到东北去建立伪满洲国。在日本军阀策划下，就要把溥仪带到东北去。当时帝师陈宝琛、后师陈曾寿都曾经挽留溥仪说，不能去，去了就被日本人控制了。可是他们的反对没能成功。因为溥仪身边的另一些人一方面想拥护溥仪做皇帝；另一方面考虑到自己的荣华富贵，最终使溥仪潜离天津去了东北。

溥仪离开天津以前，曾经亲笔写了一个字条，告诉陈曾寿，他虽然去了东北，他在天津所住的房子（溥仪先是住在张园，后来迁往静园）要保护好，就嘱托陈曾寿来料理静园中的事情。他要保留这个住所，旧的臣子都不要离开，有的时候他还会回来。因此，溥仪就到了东北，让陈曾寿留在天津。不久以后，溥仪要把皇后接到东北去，陈曾寿是皇后的老师，所以就叫陈曾寿随着皇后去了东北。《苍虬阁诗集》的续集里有一首除夕感述诗，是陈曾寿晚年的回忆之作。那是一个除夕的夜晚，陈曾寿被宣统皇帝叫到东北旅顺。溥仪给他租赁了房子，到时门还锁着，后来找人开了房子。天非常冷，不久以后溥仪派人给他们送来炉火、粮食，这才勉强定居下来，这是当时的情景。

到东北以后，陈曾寿发现溥仪已经在日本人的控制之下了。他曾经写了两句诗说："徒奋空拳思假手，全输一局误强援。"要成立一个政府，先要有军队。溥仪没有自己的军队，所以陈曾寿说"徒奋空拳"。想要假手别人，借用日本人的势力，如同下一盘棋，注定要全盘皆输。"误强援"，错就错在想倚赖一个强邻的帮助，完全依靠别人是不可以的。陈曾寿虽然几次被溥仪召到东北，但每次都想找机会回到南方去。

有一次，溥仪对他说："我身边没有一个亲近的人，要不就是贪求官位的人，要不就是那些日本人，而你才是真正关心我的人。"以至于溥仪对陈曾寿说出肺腑之言："患难君臣犹兄弟也。"溥仪千方百计地希望陈曾寿能留下来，因为他是唯一真正可以谈话的人。留下来可以，但陈曾寿决不接受这个"政府"的任何官职。后来，溥仪设立了一个由其直接管辖的"内廷局"，命陈曾寿为内廷局长，管理祭祀、陵庙、医官等各项内廷事务。满族是从东北起家的，东北有很多他们祖先的坟墓。陵墓占地非常广大，山里边有矿藏，山上边有林木。日本人看中了林业和矿藏，日本人就想干涉陵寝的事情，最后陈曾寿只得愤而离开。离开长春后，陈曾寿回到北京，因为太贫穷又到了湖北。1949年陈曾寿在上海辞世。这是陈曾寿的简单生平。

简单了解陈曾寿的生平以后，我们先看诗，再看词。他写了一首诗《鹤》[1]：

> 何处非华表，凄凉旧姓丁。
> 亦知归计好，无奈故巢腥。
> 早闭鸣皋口，仍残带箭翎。
> 十年共漂泊，犹自忍伶俜。

古代有一个关于仙鹤的传说，从前有一个人名叫丁令威，令威百年以后，化鹤归来，回到他原来所在的地方。陈曾寿回到原来的北京，而他曾经在北京做过官，现在清朝已经灭亡了，他也追随溥仪到了东北，在东北他看到日本人的强权跋扈以及侵略中国的野心。陈曾寿回到北京，可是北京早已面目全非，连华北都在日本人侵略阴影的笼罩之下，后来就发生了卢沟桥事变。因此陈曾寿说："何处非华表，凄凉旧姓丁。亦知归计好，无奈故巢腥。早闭鸣皋口，仍残带箭翎。"《诗经》上说："鹤鸣九皋，声闻于天。"仙鹤在高处鸣叫，"声闻于天"，声音可以传到天上

---

[1] 陈曾寿著，张寅彭、王培军点校《苍虬阁诗集》，上海古籍出版社，2012年版，第315页。

去。"早闭鸣皋口,仍残带箭翎"是说:这样善鸣的口早已不说话了,我已经没有表现自己才能的地方了。我不过是一个受伤的鸟,身上伤痕累累。"十年共漂泊,犹自忍伶俜",即漂泊了多年,现在终于回来。

后来他又写了一首诗:"二十年来事万更",清朝灭亡了二十年,所有的事情都改变了。"枭豺狐蜮各纵横",即军阀的混战,土匪的横行,日本人侵略的野心等。"诸公赍志诚难瞑,后死投艰自可惊",很多人壮志未酬就死去了,他们的眼睛都闭不上。"后死投艰自可惊"是说:我所经受的是后死的悲哀,艰难困苦不亚于先死的人,我受了多少的屈辱,经历了多少患难。"径绝云通容有日,海枯石烂总无名",即也许将来我们中国仍有盼望,清朝已经灭亡了,我们中国还有希望,如今又在日本军阀的侵略阴影之下,但也许我们会有收复国土的日子。"径绝云通容有日",即将来说不定有收复国土那一天。可是我陈曾寿算什么,我看不到自己祖国振兴的那一天了,因此他说"海枯石烂总无名"。"须臾共影荧残夜,可有孤光作启明",即今天晚上我对着一盏孤灯,在残夜的黑暗中,只有一点荧荧的光影。"可有孤光作启明"是说:我们国家的希望到底在哪里?

如果没有经历中国的困难时代,也许很难体会这一份感情。记得我小时候，日本军队在卢沟桥发动了事变，北平、天津、上海、南京、汉口、武昌相继陷落，我小时候便体会到"慷慨歌燕市，沦亡有泪痕"的悲哀。卢沟桥事变时，我正读初中二年级，当时真的不知道什么时候才能胜利。我的老师顾随先生写过一首词《鹧鸪天》：

> 不是新来怯凭楼，小红楼外万重山。自添沉水烧心篆，一任罗衣透体寒。　　凝泪眼，画眉弯，更翻旧谱待君看。黄河尚有澄清日，不信相逢尔许难。

黄河三十年一清，尽管漫长但总有澄清的一天，我就不信我们国家不会回来。我们就长久地沦陷在日本人的统治之下吗？陈曾寿说："径绝云通容有日，海枯石烂总无名。须臾共影荧残夜，可有孤光作启明。"我们纵然有一点光影似的信心，相信我们国家会复兴，相信我们国家会回来，可那个光影在哪里？那颗启明星又在哪里？陈曾寿的诗还是写得比较明白，当年的情景便是如此的。

现在我们就要看陈曾寿的一首《浣溪沙》：

> 修到南屏数晚钟，目成朝暮一雷峰。纁黄深浅画难工。　　千古苍凉天水碧，一生缱绻夕阳红。为谁粉碎到虚空？

刚才我们说过，陈曾寿曾经在西湖住了很久，他每天
开窗面对的就是雷峰塔，他真的是"海枯石烂总无名"，西
天的残照正是从雷峰塔的背后沉没下去的。

　　陈曾寿有一首写雷峰塔的长调《八声甘州》小序说：
"甲子八月二十七日，雷峰塔圮。"他本来每天黄昏都面对
着雷峰夕照，可就在甲子年，也就是我出生的那一年，即
1924年的9月，雷峰塔忽然间倒塌了。"据塔中所藏《陀罗
尼宝箧印经》，造时为乙亥八月"，那正是宋艺祖开宝八年
（975），距今日雷峰塔倒下来已经有九百五十多年之久了。
千年的古塔现在倒下来了，可谓"千载神归，一条练去"。
雷峰塔的精神走了，"千载神归"，化成一条匹练消失了。
"末劫魔深，莫护金刚之杵"，当时，军阀混战，土匪蜂起，
又遭受日军侵略。陈曾寿说，这是人类的、国家的末劫。
"末劫魔深，莫护金刚之杵"的意思是，在这样危难的时
代，没有人保护佛教的"金刚之杵"，因此雷峰塔倒了，倒
在末劫的灾难之世。"暂时眼对，如游乾闼之城"[①]，即我本
来每天面对着雷峰塔，就好像在乾闼婆幻化的海市蜃楼里
神游，这原是我的精神寄托。"半湖秋水，空遗蜕之龙身。
无际斜阳，杳残痕于鸦影"中的"半湖秋水，空遗蜕之龙

---

① 据《佛学大辞典》，乾闼婆城译为寻香城、蜃气楼。乐人名为乾闼婆，
　能幻作楼阁以使人观，故名之为乾闼婆城。

身"，即现在西湖旁边的雷峰塔像一条龙一样，化成匹练飞走了、消失了，因此"空遗蜕之龙身"。"无际斜阳"，即只剩下无边的斜阳光影。"杳残痕于鸦影"，意思是残留的雷峰塔的痕迹消失了。词中语为"任长空、鸦阵占茫茫"，即只剩下一片乌鸦的归飞，影子消失在天边，雷峰塔不见了。"爱同愔仲同年共赋此阕"，愔仲是胡嗣瑗，陈曾寿和他是同年考中的进士，胡嗣瑗当然也是忠于清朝的一个人，就共同写了这一首词。"聊写愁哀云尔"，即抒发自己的哀愁。这首《八声甘州》写道：

> 镇残山风雨耐千年，何心倦津梁？早霸图衰歇，龙沉凤杳，如此钱唐。一尔大千震动，弹指失金装。何限恒沙数，难抵悲凉。　慰我湖居望眼，尽朝朝暮暮，咫尺神光。忍残年心事，寂寞礼空王。漫等闲、擎天梦了，任长空、鸦阵占茫茫。从今后、凭谁管领，万古斜阳？

"镇残山风雨耐千年"，是说雷峰塔镇在山上有千年之久。"何心倦津梁"，即为什么现在你不愿再做人天之间沟通的津梁。"早霸图衰歇，龙沉凤杳，如此钱唐"，是说塔建在宋朝开国的初年，现在宋朝早已败亡，所有的繁华、功业、衰败都消失在钱塘江边上了。

"一尔大千震动"中的"一尔"指一下子，意思是一个很短暂的时间，天地都为之震动了。"弹指失金装"中的"弹指"就是顷刻之间，这句是说如此金装华丽的雷峰塔在顷刻之间倒下。"何限恒沙数，难抵悲凉"，即这种消失、败亡、残破，就算是恒河的沙数（恒河的沙子是无数的），也抵不过这种悲凉的心境。"慰我湖居望眼，尽朝朝暮暮，咫尺神光"，意思是我现在在西湖边上住，经历了如此的沧桑世变，每日我的精神安慰都寄托在塔上。塔就在咫尺，它离我这么近，塔上好像有一片神光，那是我的精神寄托。陈曾寿说"忍残年心事"，即忍耐着残年的寂寞，现在什么愿望都没有了，一切都破碎了。

　　据陈曾寿的家人说，他晚年常常诵经，以求得内心的宁静，即"寂寞礼空王"。在中国古代，儒家认为，士大夫以天下为己任，即士应该修身、齐家、治国、平天下。杜甫说"致君尧舜上"，这是中国儒家的传统。因此每一个读书人都参加科举，总想干一番事业的，都想"致君尧舜上"。可是现在呢？陈曾寿却说"漫等闲、擎天梦了"。意思是说，塔原本挺立在天地之间，支撑着天空。这句话表面写塔，暗中说的则是他自己。读书人怎么可以没有一个擎天的梦呢？而现在是"擎天梦了"。在这个时代，有哪个有骨气的人能站立得住？有哪个有能力的人能支撑得住？

哪一个人是擎天的柱子，能够挽回这个时代？有这样一个人吗？一个都没有。"任长空、鸦阵占茫茫"，意思是眼前的天空上飞的只是一片乌鸦，哪一个人是擎天的柱子？谁有这种资格、能力、愿望？没有。"从今后、凭谁管领，万古斜阳"，即斜阳是必然要落的，有一座雷峰塔，就是要维系住那西下的夕阳。雷峰塔没有了，那么又"凭谁管领，万古斜阳"呢。

小词的微妙就在于用这么短的篇幅表现丰富的意蕴，它的作用都在语言文字之间。王国维为什么说南唐中主的"菡萏香销翠叶残"就有"众芳芜秽，美人迟暮"的悲慨，就是因为词的语言文字。我说"荷花凋零荷叶残"跟"菡萏香销翠叶残"有同样的意思，可是"荷花凋零荷叶残"就没有潜能。因此我一直以为，诗词是不能翻译的，它的作用就在于它的文字，把文字改变了，作用也就消失了。"修到南屏"中的"修"字说得好。陈曾寿的意思是：我什么都没有了，我所有的理想、意志都失去了，我很幸运地得到另一种补偿、安慰，这是我几生几世修来的。我几生几世修到了唯一的、可以给我安慰的东西。修到了什么呢？陈曾寿说，"修到南屏数晚钟"，他可以听到南屏晚钟的声音。你可以说"修到南屏听晚钟"，这也不错。陈曾寿是修到经过如此的乱离、艰险之后，居然能够在西湖边上有一个房间安定地住下来，倾听南屏山上的晚钟。可是你再想"听"字多么粗糙，就只是听见了。可是"修到南屏数晚钟"，淋漓尽致地表现了陈曾寿的寂寞、无聊、悲哀、痛苦，他是在一声一声地"数"晚钟。

"目成朝暮一雷峰"中的"目成"出自《楚辞》的《九歌》，《九歌》都是祭神的歌。《九歌》中的《少司命》有两句说："满堂兮美人，忽独与余兮目成。"意思是说，满堂都是美人，可她只是看了我一眼。"忽独与余兮目成"，即我们什么也没说，我看了她一眼，她看了我一眼。当我们目光相对的时候，一切尽在不言中了。在《色，戒》中，当王佳芝在易先生家里和易太太她们打牌时，她故意对易太太说："我把我的电话号码留给你吧。"易太太说："你已经留给我了。"其实她不是留给易太太，她是留给易先生的。王佳芝是故意这么说。她还是把电话号码写上，写完看了易先生一眼，这都不用说，而易先生果然就把她的号码记下来了。不用说话，这眼睛一看，即屈原诗句说的"目成"。很多好的诗文以及最高的一种交往境界是不用说出来的，说出来就已经落入了第二乘。话不必说出来，一切尽在不言中更好。

王佳芝与易先生有目成的机会，现在年轻的同学们也可以有很多目成的机会。我们说，人之所以能够"目成"

是因为你有眼睛，他也有眼睛，这样你们才能"相视一笑，莫逆于心"。而"目成"的对象当然最好是一个活的人，"鸟兽不可与同群，吾非斯人之徒与而谁与？"所以古人说"人生得一知己，死而无憾"。你看陈曾寿说什么，他说：人世间再也没有与我目成的人了。那他目成的对象是什么？是"修到南屏数晚钟，目成朝暮一雷峰"，即能够与我心神相对的，人间再也没有什么东西了。值得我眼睛心神相对的只有山上那孤单的雷峰塔。雷峰塔如何？这雷峰塔真是美丽，我每天面对着雷峰塔。

"纁黄深浅画难工"中的"纁黄"是颜色由深到浅，由橙红到浅黄。我从前在加拿大UBC教书，我原来的办公室在一座楼上。因为温哥华在海边，我每天都可以看到远海遥天和海天之间那霞光云影的变幻。后来搬到别处去，住在一个地下室，窗子密封，还打不开，就失去了目成望远的机会。

我在祖国也游过很多山，像泰山、峨眉山、嵩山，但其中最使我想要再回去看一次的是黄山的西海。那里四面都是奇峰怪石，底下是深不见底的深渊，中间常常有云气往来。西海的落日很美，云烟缭绕，山影变换，真是"朝晖夕阴，气象万千"——瞬息之间形色万变。"纁黄深浅"就是说它不是死板的，而是随着天光云影而变化，那颜色如此丰富。"繡黄深浅画难工",即没有一个人能够把这一幅美景画下来,就算你照相,照出来也是死板的,现实中它分分秒秒都在变化。用"繡黄深浅画难工"来写雷峰塔的美,写出了陈曾寿对雷峰塔的感情,以及他自己的寂寞。

下面这两句就更妙:"千古苍凉天水碧,一生缱绻夕阳红。"雷峰塔千年以来立在山上,面对着西湖,上面是一碧的蓝天,下面是一碧的湖水,天苍苍,水茫茫。李商隐在《嫦娥》一诗中说:"嫦娥应悔偷灵药,碧海青天夜夜心。"上面有青天,下面有碧水,真是千古的苍凉。雷峰塔有千年之久,看尽了人间的盛衰兴亡,因此陈曾寿说雷峰塔是"千古苍凉天水碧"。中国的文字之所以妙,是因为这句其实还隐含了一段故事。"千古苍凉天水碧"有什么故事?五代时的笔记[①]中记了这么一段故事,说南唐的后主李煜喜欢听歌饮宴,后宫有很多歌姬舞女,那六宫粉黛当然都是争妍斗艳的,都要装饰得很美丽。宫女们就染布做衣服,有人将丝绸染成浅蓝色,染过以后有一天晾在外边,晚上忘记收起来,打了一夜的露水。第二天早晨一看,那晾在外边打了露水的蓝色丝绸反而比平常染的颜色更美丽。因此这种被露水打过的特殊蓝色的丝绸,就被当时人称为"天

---

① 《五国故事》卷上:"天水碧,因煜之内人染碧,夕露于中庭,为露所染,其色特好,遂名之。"

水碧"。这是天上的露水打湿了而染出来的碧蓝的颜色，所以就叫"天水碧"。中国古人常常讲谶语，天水碧也被说成天水"逼"，"天水"正是赵姓的姓望，赵氏以天水的赵氏最为有名，而宋朝的皇帝姓赵。据说，南唐宫中的颜色"天水碧"是一种谶语，预示了李唐后来要被赵宋所灭。雷峰塔是北宋开国年间所造，现在塔倒了，北宋这个王朝早已消失了，而陈曾寿本人所托身的清王朝也已经消失了。所以陈曾寿说"千古苍凉天水碧"就不只是眼前的西湖的地理风景，也是一种历史的沧桑。在盛衰兴亡中，逝者是永远都追不回来的。

我们看一下晚清另一位词人况周颐的作品《浣溪沙》：

> 风雨高楼悄四围，残灯黏壁淡无辉。篆烟犹袅旧屏帏。　　已忍寒欺罗袖薄，断无春逐柳绵归。坐深愁极一沾衣。

"风雨高楼悄四围"，讲的是楼外都是狂风暴雨，高楼在风雨的包围中，而人间是寂静的。"残灯黏壁淡无辉"，即墙边点着一盏灯，光影如此之暗淡。"篆烟犹袅旧屏帏"，是说只有篆香烧的烟，在屏帏间缭绕。"已忍寒欺罗袖薄？断无春逐柳绵归。""薄"和"归"二字用得妙。"已忍寒欺罗袖薄"，即这些亡国的遗民忍受了多少寒冷，可是"断无春逐柳绵归"，春天走了，它能够随着柳絮的飘飞再回来吗？

陈曾寿等亡国的遗民可谓"亡国之音哀以思"。"已冷香如人意改"，是说香已经冷了，就如同人已经改变了。"欲寻梦已昔游非"，即过去的梦都消逝了。"岂能时节更芳菲"，即春天永远不会再回来了。"一生缱绻夕阳红"，这句写得真是好，"缱绻"是说人的多情留恋，你留恋什么不好，为什么要留恋夕阳？意思是说，亡国的遗民留恋一个已经败落的王朝。"千古苍凉天水碧，一生缱绻夕阳红"，但"夕阳无限好，只是近黄昏"。更悲哀的是最后一句："为谁粉碎到虚空？"陈曾寿连"缱绻"的夕阳红都没有了。他曾经流连雷峰塔的夕照，而现在连雷峰塔都没有了。"为谁粉碎到虚空？"即我连雷峰塔都保留不住。而"为谁"二字，大有"问天"之意，是悲愁到了极点。

我们再看陈曾寿的一首小词《扬州慢》，他曾经在西湖住了很久，很喜欢西湖的梅花，可是他后来被溥仪召到东北，东北冰天雪地，很是荒凉，所以他常常怀念西湖的梅花。

> 梅绣荒山，石威静谷，旧游最恋烟霞。向洞门徐步，几度问芳华。记长倚、半山亭子，昏黄月上，倩影横斜。晕微红、堕砌娇云，仙梦非耶？　　一身万

里，剩而今、惯住胡沙。尽湖水湖烟，也休暗忆，侬
已无家。飘断辞枝故蕊，曾何处、不是天涯。漫拼将，
今世今生，长负梅花。

"梅绣荒山，石威静谷"，意思是说，记得西湖的梅
花开放时漫山如绣，到处都是美丽的梅花，山上的大石头
显得如此威武。他旧游最喜欢去的就是"烟霞"，即西湖
的烟霞洞，那里的梅花最美。"向洞门徐步"，即每次我想
到，我就向烟霞洞的洞门走去。"几度问芳华"，即我就寻
芳，寻问那梅花什么时候开，今天看，刚有一点小小的花
苞；明天看，花苞大了一点儿。"向洞门徐步，几度问芳
华"，意思是我曾经多少次向洞门徐步，我如此关心梅花一
天一天变化的消息。"记长倚、半山亭子，昏黄月上，倩影
横斜"，是说我记得，我常常在晚上靠在半山的一个亭子旁
边，看那朦胧的月色，身边是梅花的横斜疏影。"晕微红"，
即一点点淡淡粉红的颜色。"堕砌娇云"，意思是那粉红色
的花瓣如美人的香腮一样美丽。"晕微红、堕砌娇云，仙梦
非耶"，即多年与美人一般的梅花在一起，有一种遇到仙人
的梦境，可现在都不存在了。

"一身万里，剩而今、惯住胡沙"，是指如今离乡背井，
来到东北。"尽湖水湖烟，也休暗忆，侬已无家"，即尽管

西湖的水那么美，西湖上的烟霭那么美，但我已无家可归了，我再也不要去怀念——那美丽的西湖，我每天面对的雷峰夕照的塔以及我春天一天一天去探望的烟霞洞的梅花。"飘断辞枝故蕊，曾何处、不是天涯"，这句是说我就像落花一样，从枝头飘落，从今以后无论到哪里，都有人在天涯的漂泊之感。"漫拼将，今世今生，长负梅花"，即我不知道哪一天才能再回到西湖，再见到我旧日所喜爱的梅花，而今世今生，我永远辜负了梅花。

当然，我不是说要鼓励大家守旧，而是我开始说的，人的感情有时很难说清楚，因此我会提到李安的《色，戒》。陶渊明经过晋、宋①朝代的更迭、改变，当时很多人都出仕了，也有人用各种的说法劝陶渊明。陶渊明写过一首诗：

　　　　苍苍谷中树，冬夏常如兹。

　　　　年年见霜雪，谁谓不知时。

　　　　厌闻世上语，结友到临淄。

　　　　稷下多谈士，指彼决吾疑。

　　　　装束既有日，已与家人辞。

　　　　行行停出门，还坐更自思。

---

① 指南北朝时期南朝的刘宋王朝。

不怨道里长，但畏人我欺。

万一不合意，永为世笑嗤。

伊怀难具道，为君作此诗。①

陶渊明说：我已经走到门口就要出去了，但我回来又坐下了，只要迈出你的家门一步，一步走错了，千年万年永远被别人笑骂了。这正如当汪精卫有国民政府在背后支持的时候，他和日本人谈判，日本人所开出来的合约条件是一个样子；当他离开了国民政府投靠了日本人，做了汉奸的汪精卫再讲条件，没有资格和人家讲了，因为他已经没有退路。陶渊明说"伊怀难具道"，这个道理很难说。"为君作此诗"，所以我写了这一首诗。我们随时随地都可以看到，人生要经历各种考验，那分寸都在你自己的掌握之中。我们也看到古人，无论是司马迁的《史记》，冯延巳、苏东坡、辛稼轩的词，还是陈曾寿的诗词，大多数作品都有一种不得已的感情，我们要知道他们的不得已。

小词之所以妙，是因为小词更适合于叙写一种不得已的感情。张惠言就说，词可以"道贤人君子幽约怨悱不能自言之情，低徊要眇，以喻其致"。张惠言的词论表面上看起来牵强附会，但是他真正掌握了词的微妙之处。他说词

---

① 出自陶渊明《拟古九首》其六。

可以写出贤人君子幽深的、隐约的、哀怨的、悱恻的，而且是不能说出来的一种感情，不能说出来怎么办，你就用词来表现"低徊要眇"，因此会写得如此低回婉转，如此深微要眇，以喻其致。

迦陵年表

1924年

7月2日（农历六月初一），生于北京察院胡同二十三号（旧十三号）四合院祖居旧宅的东厢房。

1927年

父母开始教识汉字，授以四声之辨识。

1930年

从姨母读"四书"，又从伯父诵读唐诗。

1934年

插班考入北京笃志小学五年级。始作绝句、文言文。

1935年

以同等学力考入北京市立女二中。始填词。

1941年

考入北京辅仁大学国文系，当时的校长为史学家陈垣先生，系主任为目录学家余嘉锡先生。10月下旬，母亲病逝。

1942年

听顾随先生讲唐宋诗词课程。诗词创作渐丰，经顾随先生推介首次发表词作于北平报刊，取笔名"迦陵"。

1943年

秋，在广济寺听《妙法莲华经》。

1945年

大学毕业，任佑贞女中、志成女中及华光女中三校国文教师。

1948年

赴上海，3月29日在上海成婚，婚后和丈夫去往南京，后一度任南京私立圣三中学国文教师。

11月，随夫赵钟荪工作迁转赴台湾。

1949年

春，开始任台湾彰化女中国文教师。

8月，长女言言出生。

12月25日，丈夫因"思想问题"被捕，入狱三年。

1950年

6月底7月初，与彰化女中校长皇甫珪女士及其他五位教师一起因"思想问题"被拘询，携带哺乳中未满周岁的女儿同被拘留，后虽因查无实据被释放，但因此失去教职。失业时，因无地安身，曾在亲戚家以打地铺方式，携女寄居数月。其后，经人介绍在台南私立光华女中任国文教师数年。其间，曾应亲友之邀，撰写《说辛弃疾〈祝英台近〉》一文及《夏完淳》小书一册。

1952年

丈夫赵钟荪获释。

1953年

9月，次女言慧出生。

1954年

暑期，因台北第二女子中学之聘，全家迁至台北，与父亲合住在信义路二段一六八巷父亲单位的宿舍。担任台北第二女子中学高中一年级"礼""智"两班国文课。被台湾大学聘为兼职教师。

1955年

受聘为台湾大学专任教师（因二女中校长王亚权女士挽留，继续在二女中兼课，直至送执教的两班学生毕业），长达14年，先后讲授大学国文、历代文选、诗选、杜甫诗等课程。

1956年

夏，受台湾地区教育相关部门主办的文艺讲座之邀讲授唐宋词选读课程，共五周。

1957年

正式辞去台北二女中教职。

1958年

被聘为淡江文理学院（后改名为淡江大学）兼任教授，长达十一年，先后开设诗选、词选、曲选、陶谢诗、杜甫诗、苏辛词等课程。

1961年

辅仁大学在台湾复校，受聘为兼任教授，长达八年，先后开设诗选、词选等课程。开始受邀至台湾教育电台播讲大学国文。

1962年

春，与台大学生一同郊游野柳。

1965年

台湾教育电视台成立，应邀播讲《古诗十九首》。

1966年

暑期，应邀赴美国哈佛大学任访问学者，9月开学后赴
密歇根大学任客座教授。

1967年

1月，参加美国学术团体协会（American Council of
Learned Societies）在北大西洋百慕大岛（Bermuda Island）举
办的以"中国文类研究"（Studies in Chinese Literary Genres）
为主题的国际会议，提交英文论文《谈梦窗词的现代观》
（"Wu Wen-Ying's Tz'u：A Modern View"）。与会者都是西
方著名汉学家，如牛津大学的霍克斯（David Hawkes）教
授、耶鲁大学的傅汉思（Hans Hermannt Frankel）教授、康
奈尔大学的谢迪克（Harold Shedick）教授、加州大学的白

芝（Cyril Birch）教授、哈佛大学的韩南（Patrick Hanan）教授与海陶玮（James R. Hightower）教授，还有不少知名的华裔西方学者，如刘若愚、夏志清、陈世骧诸教授。会后返密歇根大学任教。

7月，应邀再次以访问教授名义自密歇根赴哈佛。

1968年

春，在哈佛观看张充和及其弟子李卉的昆曲演出，作诗相赠。应赵如兰女士之邀，为赵元任先生所作歌曲填写歌词《水云谣》一首。

秋，在美客座讲学期满返台。

1969年

9月，赴加拿大温哥华，执教于加拿大不列颠哥伦比亚大学（University of British Columbia，简称UBC）亚洲学系（Department of Asian Studies），任客座教授。

秋冬之际，陆续接丈夫、女儿及父亲赴温哥华团聚。

1970年

年初，获聘加拿大不列颠哥伦比亚大学终身教授，之后在此校执教的十九年中开设过中国文学史简介、中国古文选读、中国历代诗选读、唐宋词选读、博士论文专题讨论等课程。先后指导的研究生有施吉瑞（Jerry D. Schmidt）、白瑞德（Daniel Bryant）、罗德瑞（Terry Russell）、施逢雨、余绮华（Teresa Yu）、梁丽芳（Laifong Leung）、王仁强（Richard King）、方秀洁（Grace S. Fong）等。

12月，赴加勒比海之维尔京群岛（Virgin Islands），再次参加美国学术团体协会举办的有关中国文学评赏途径的国际学术会议，与日本汉学家吉川幸次郎教授及美国威斯康星大学周策纵教授相遇，有唱和诗多首。

1971年

2月10日，父亲因脑出血病逝于温哥华。

暑期，游访欧洲（英国、法国、德国、意大利、瑞士、奥地利）。

1973年

赴加拿大渥太华中国大使馆递交回国探亲申请。

1974年

暑期，回国探亲、旅游，创作一千八百七十八字的七言古风《祖国行长歌》。

1976年

1月，为联合国中国代表团举办周恩来追悼会撰写挽联。

3月24日，长女夫妇罹车祸同时去世。

9月，为联合国中国代表团举办毛泽东追悼会撰写挽联。因为用台湾旅行证件回大陆多有不便，遂申请加入加拿大国籍。

1977年

再度回国探亲，游历大庆、开封、西安等地。

1978年

向中华人民共和国教育部寄出志愿回国教书的申请。与南开大学外文系李霁野教授取得书信联系。

1979年

回国教书的申请得到批准。3月，应邀先后在北京大学、南开大学、南京大学讲学。在京期间，拜会周祖谟先生、陆颖明先生，并与两位老师及同班同学史树青、阎振益、阎贵森、郭预衡、曹桓武、顾之惠、房凤敏、程忠海、刘在昭等聚餐。在津期间，曾与部分同班同学刘丽新、陈继揆、王鸿宗、丛志苏等聚会。暑期后离津时，南开大学中文系以范曾先生所绘一幅《屈子行吟图》相赠。自此，每年都回南开大学讲课，并应邀赴国内多地院校讲授诗词。

1980年

6月，赴美国威斯康星大学参加首届国际《红楼梦》研讨会，得晤周汝昌先生、冯其庸先生。

1981年

4月，赴成都参加杜甫学会首届年会，与缪钺先生相遇。在京拜会俞平伯先生。

5月下旬，飞赴加拿大东岸的哈利法克斯（Halifax）参加亚洲学会年会，会后至佩姬湾（Peggy's Cave）观海。

1982年

再赴成都参加杜甫学会年会，游历昆明、兖州、曲阜、泰山、济南、巩义等地。在四川大学讲学时与缪钺先生约定合撰《灵谿词说》。

1983年

春夏之交，在四川大学讲学。

冬，赴昆明，在云南大学讲学。

1986年

11月14日，中华诗词学会在京筹委举行扩大会议，宣布中华诗词学会经文化部批准成立，被聘为顾问。

1987年

2月3日至16日，应北京辅仁大学校友会、国家教委老干部协会、中国国际文化交流中心、中华诗词学会诸单位联合邀请，在国家教委礼堂举行唐宋词系列讲座，共十讲，听众一千二百人。

2月23日至24日，出席中华诗词学会筹备会议并发表讲话。

5月31日，出席中华诗词学会成立大会并发言。

6月2日，出席中华诗词学会全体会议并发言。

1988年

7月6日至11日，叶嘉莹教授古典诗歌系列讲座在北京举办。

7月14日，应赵朴初先生之邀至广济寺相聚，当日为叶先生农历生日。

1989年

年初，应台湾清华大学之邀，在离台二十年后首度返台讲学，一个月内在台湾大学、辅仁大学、淡江大学共做七场演讲。

7月，至美国哈佛大学。

是年，从加拿大不列颠哥伦比亚大学亚洲学系退休。

1990年

5月，参加在美国缅因州举行的北美第一届国际词学会议。

秋，应台湾清华大学之邀赴台讲学一年。

1991年

1月13日，会见中华诗词学会会长周谷城。

4月，在台湾讲学时接到当选加拿大皇家学会院士的信函。

冬，在南开大学专家楼初会杨振宁先生。

1992年

春夏之交，赴兰州大学讲学，游历敦煌等地。

9月28日，应孙康宜邀赴耶鲁大学讲辛弃疾词，并与当地学人郑愁予等相晤。

1993年

1月，在南开大学创建中国文学比较研究所。应邀在美国加州万佛圣城讲陶渊明诗。

春夏之交，亲赴蒙特利尔的麦吉尔大学参加加拿大皇家学会院士证书颁发仪式。

6月25日，受邀在耶鲁大学参加"妇女与文学"国际会议，并提交论文《朱彝尊〈静志居琴趣〉之"弱德之美"的美感特质》。

1994年

2月初，至北京与陈邦炎先生商讨合作撰写《清词名家论集》，并谈及在国内成立古典文学幼年班的设想，经陈邦炎先生转达。

7月，被新加坡国立大学聘为客座教授。

11月6日，赵朴初先生给陈邦炎先生的回信中对在国内成立古典文学幼年班的设想表示肯定，并拟邀请张志公、叶至善等政协委员联名在次年全国政协会议上提出提案。

12月，在香港浸会大学发表演讲《谈北宋初期晏欧令词中文本之潜能》。

1995年

6月29日，在哈佛大学讲《清词之复兴》。

7月15日至17日，应邀赴美国俄勒冈大学讲唐诗课程，分别以中英文发表两次讲演，并参加一次会议。

10月，应加拿大华裔作家协会之邀讲《谈中国诗词文本中的多义与潜能》。与缪钺合著的《灵谿词说》获教育部"全国高等学校首届人文社会科学研究优秀成果奖"一等奖。

1996年

7月，在美国佛蒙特讲《清代史词及文廷式词》。

9月中旬，赴乌鲁木齐参加中国社科院文研所与新疆师范大学联合举办的"世纪之交中国古典文学及丝绸之路文明"国际学术研讨会，主讲《花间词》。会后游历吐鲁番、交河、高昌故城、玉门关、天池等地。

1997年

寒假，在不列颠哥伦比亚大学为留学生子弟讲古诗。

3月至6月，应陈幼石教授邀请至美国明尼苏达大学讲学。捐出自己退休金的一半，共计十万美元（当时约合近百万元人民币）在南开大学设立"叶氏驼庵奖学金"及

"永言学术基金"，开始在南开大学中文系招收硕士研究生。温哥华企业家蔡章阁老先生在当地谢琰先生家中听过叶先生一次讲座后，主动捐资两百万元人民币为南开大学兴建中华古典文化研究所大楼（与范孙楼联为一体）。

1998年

致函国家领导人呼吁重视儿童幼年古典文化教育，获批复，随后教育部基础教育司编写了《古诗词诵读精华》教材一套。

7月，应温哥华中华文化中心之邀主讲《北宋初期晏欧词》（共四讲）。

1999年

4月至7月，应温哥华中华文化中心之邀，讲《柳永苏轼词》（共六讲）、《杜甫诗赏析》（共八讲）。

10月，出席南开大学中华古典文化研究所大楼落成典礼（南开大学中文系原中国文学比较研究所更名为中华古典文化研究所）。

11月，在香港岭南大学讲《中国古典诗歌的特质》。

2000年

2月20日，出席台北国际书展，并在书展中举行台湾桂冠图书股份有限公司出版的《叶嘉莹作品集》新书座谈会，发表演讲《谈中国古典诗词的今昔》。2月22日，在台湾大学讲《百年回首庚子秋词》。2月24日，在台北师范大学讲《从西方文论谈令词的多义与潜能》。2月25日，在辅仁大学讲《为什么爱情变成了历史》。

5月，应温哥华中华文化中心之邀，讲《百年回首》（共五讲）及《诗词文本中的多义与潜能》（共二讲）。

6月28日至7月2日，应邀赴台参加"世变与文学"国际会议，提交论文《谈词之美感特质之形成及词学之反思与世变之关系》。

7月4日，应澳门大学之邀参加澳门首次国际词学会议，初识澳门企业家沈秉和先生，沈先生主动提出向南开大学中文系中华古典文化研究所捐资一百万元人民币。7月19日至22日，应邀至海南师范学院，举办讲座《词之美感特质》。

9月23日至28日，应邀至深圳参加全国第十四届中华诗词研讨会，发表演讲《如何教幼儿学唐诗》。

10月21日，应天津广播电视大学徐士平导播之邀，参加拍摄幼儿学唐诗系列录像《与古诗交朋友》。

11月，南开大学文学院成立，开始在该院招收博士研究生。11月27日至30日，在南开大学讲《从西方文论看李商隐的几首诗》。

年底，在第四届"叶氏驼庵奖学金"颁奖典礼上以"吟诵"为题做报告，邀请范曾先生出席并吟诵《离骚》。

2001年

1月8日，至天津耀华中学主讲《诗词的欣赏》。1月9日，天津电视台播出专题纪录片《乡根·诗魂》。

2月至5月，应美国哥伦比亚大学之邀客座讲学一个学期，与王德威、夏志清重聚。

6月2日，在加拿大西蒙菲莎大学港口分校举办诗词文化讲座。6月17日至7月22日，在温哥华中华文化中心举办北宋名家词讲座。

7月21日，参加海外华人作协会议。

8月7日，在北京参加中国社科院举办的"文化视野与中国文学研究"国际学术会议并讲话。8月14日至23日，参加南开大学文学院中华古典文化研究所在天津蓟州区举办的大专院校教师暑期诗词讲习班，在开幕式及结业式中发言并举办两次讲座。

9月25日，应邀参加南开大学附属小学举办的诗歌吟诵会并讲话。9月26日，开始在南开大学拍摄唐宋词系列讲座南宋词部分录像。

10月30日，应天津大学邀请演讲《东坡词欣赏》。

2002年

1月23日，受邀在香港浸会大学讲《王国维之词与词论》。

1月29日，在（澳门教科文中心）澳门笔会上演讲《论词之雅郑在神不在貌》。

3月16日，受邀参加台湾辅仁大学主办的中国文学史国际研讨会并做演讲《阅读视野与诗词评赏》。3月20日，应邀至台大图书馆礼堂发表专题演讲。

6月11日至7月26日，在温哥华岭南长者学院讲授《古诗十九首》（共六讲）。6月16日，在加拿大不列颠哥伦比亚全省多元文化学会讲《李义山诗之美感特质》。

7月28日，在温哥华帕克希尔酒店华语语文教师研习会讲《我诗词中的荷花》。自本年暑期开始在南开大学文学院招收博士后研究人员。秋，自南开大学专家楼迁入南开大学西南村教师住宅区单元楼居住。

9月17日，在南开大学迎水道校区讲《一位自然科学家的词作》。9月20日，于天津南开中学讲《王国维在〈人间词话〉中所提出的"三种境界"》。9月24日至26日，应席慕蓉邀，一同赴叶赫寻根并在吉林大学讲演。9月28日，受南京东南大学之邀讲《石声汉词》。9月30日，在苏州大学讲《词之雅郑在神不在貌》。

10月25日，在南开大学主办的全国《红楼梦》翻译研讨会上讲《〈红楼梦〉中的诗词》。

11月，受香港岭南大学之邀举办三次讲座：《漫谈中国诗的欣赏》《谈双重性别与双重语境下词的美感特质之形成》《苏轼诗化之词的三种美感特质》。11月14日，被香港岭南大学授予荣誉博士学位。

4月至11月期间，在中央电视台《百家讲坛》栏目讲《对传统词学与王国维词论在西方理论之观照下的反思》《从王国维词论谈其〈人间词话〉的欣赏》《几首咏花的古诗》。

12月15日，受中国现代文学馆之邀讲《从现代观点看几首旧诗》。

2003年

1月，在中国社会科学院文献情报中心演讲《小词大人生》。1月29日，在中央电视台《百家讲坛》栏目讲《从现代观点看几首旧诗》。

从2月开始，在香港城市大学客座讲学一个学期，举办诗词系列讲座。2月中旬，在天津电视台播讲花间及南唐词讲座。澳门实业家沈秉和先生在南开大学文学院设立"迦陵古典文学奖助学金"，用以奖励高分考入中文系的新生，望以此激励更多的优秀人才加入研究和传播中华古典文化的队伍。

　　3月16日至17日，赴台参加"建构与反思——中国文学史的探索"学术研讨会（此为辅仁大学庆祝在台复校四十周年系列活动）。

　　4月2日至5日，台湾洪建全教育文化基金会举办叶嘉莹谈诗论词系列讲座共三讲：《感发生命——进入诗歌世界之门钥》、《在时光折射中对词之美感特质的解析》、《杜诗选谈》（与王文兴教授对谈）。

　　6月21日至7月26日，在温哥华岭南长者学院讲陶渊明《拟古九首》组诗。

　　8月，北京祖宅旧居——西城区察院胡同二十三号被拆。8月26日至29日，受邀参加在河北省北戴河召开的全国第十七届中华诗词研讨会。

　　9月，应邀至河北白洋淀观赏荷花。9月22日至25日，应西安交通大学邀讲《杜甫的〈秋兴八首〉》（共二讲）。9月，中央电视台科教频道《讲述》栏目播出专题片《诗魂》。

10月5日，在中国国家图书馆讲《从双重语境与双重性别看唐五代词的审美特质》。10月18日，在南开大学讲《我与南开二十四年》。

11月8日至11日，参加在东南大学举行的中国人文教育高层论坛首届会议，并发表演讲《小词中的人生境界》。11月10日，应南京大学之邀，发表演讲《从李清照到沈祖棻——谈女性词作之美感特质的演进》。11月16日，在现南通大学讲《东坡词的艺术与人生》。

12月20日，在中国国家图书馆部级领导干部历史文化讲座上演讲《东坡词的艺术与人生》。

2004年

3月13日至4月24日、5月15日至7月3日在温哥华岭南长者学院分两次举办《从性别与文化谈女性词作美感特质之演进》及《明清女性词作》系列讲座。

5月，与温哥华友人谢琰、施淑仪、陶永强、梁珮、王锦媚等至托菲诺（Tofino）度假。

9月3日至5日，应邀在北京参加中华文化促进会举办的2004年文化高峰论坛。9月11日至12日，在北京现代文学馆演讲《从王国维〈红楼梦评论〉谈起》《王国维对南唐三家词的评赏》。9月30日、10月20日，北京电视台《华人纪事》

栏目分别录制《叶嘉莹教授专访》和《叶嘉莹教授与杨振宁教授对话》。

10月21日至23日，南开大学举办庆祝叶嘉莹教授八十华诞暨国际词学研讨会。蔡章阁先生长子、香港蔡章阁基金会主席蔡宏豪先生捐款三十万元人民币，在南开大学文学院中华古典文化研究所设立"蔡章阁奖助学金"。

11月2日至5日，中央电视台《百家讲坛》栏目播讲《叶嘉莹评点王国维的人生观》、《叶嘉莹评点〈红楼梦评论〉》、《叶嘉莹评赏南唐三家词》（上、下）。11月20日至24日，应邀至上海观看昆曲青春版《牡丹亭》。

12月2日，北京师范大学北京文化发展研究院、北京文化国际交流中心、文学院古代文学研究所主办叶嘉莹先生八十寿辰暨学术思想研讨会，发表演讲《〈迦陵诗词稿〉中的乡情》。12月3日，应凤凰卫视《世纪大讲堂》栏目之邀讲《西方文论与传统词学》。

2005年

1月7日至23日，在天津电视台录制《谈词之美感特质的形成与演进》系列讲座。1月27日，在南开大学文学院举办的"中国古代文学作品选"课程·2005年寒假全国高校骨干教师研修班上讲《词的特质与鉴赏》。

2月19日，在台湾洪建全教育文化基金会敏隆讲堂主讲《叶嘉莹谈戏曲》。2月23日，在台湾"中央大学"主讲《花间的歌唱》。2月25日，在台湾清华大学主讲《英雄的眼泪》。2月26日，在台湾清华大学主讲《稼轩词与梦窗词》。

3月2日，在台湾长庚大学主讲《词的美感特质》。

5月28日至7月23日，在温哥华岭南长者学院开讲《清词系列之一·谈清词中兴之源起——云间三子及吴、龚、王、钱》（共八讲）。

8月27日，参加中加汉语教学研讨会年会，并做演讲《从中文的语言特征谈古典诗词的美感》。

9月5日至9日，应王蒙先生之邀访问中国海洋大学并演讲《西方文论与传统词学》，与王蒙先生对谈《中国传统诗词的感悟》。9月18日至25日，应席慕蓉之邀赴内蒙古呼伦贝尔大草原做原乡之旅。

10月16日，应邀参加中国人民大学国学院开学典礼暨揭牌仪式。

12月17日，在中国国家图书馆讲演《从性别与文化谈早期女性词作的美感特质》。12月19日，在北京大学中文系讲演《从文学体式与性别文化谈词之美感特质的形成与演进》。

2006年

2月21日，受邀在中山大学讲《从几首词例谈词的"弱德之美"》。2月26日，中央电视台《大家》栏目播出叶嘉莹教授专访。

3月，在台湾清华大学举办中国古典诗歌系列讲座（共五讲）：《从形象与情意之关系，看西方文论与传统诗说中"赋、比、兴"之说的异同》《从具体诗例看"赋、比、兴"之作用在传统诗歌中的演化》《陶渊明饮酒诗选讲》《杜甫诗写实中的象喻性》《李商隐的〈锦瑟〉与〈燕台〉》。3月20日，在台湾东海大学文史哲中西文化学术系列讲座中主讲《从文学体式与性别文化谈词的"弱德之美"》。3月27日，在台湾淡江大学讲《小词的人生境界》。

4月18日，被台湾斐陶斐荣誉学会授予第十一届杰出成就奖。

5月，与友人谢琰、施淑仪、陶永强、梁珮、王锦媚等至温哥华岛阿莱休闲区度假。

6月3日至7月15日，在温哥华岭南长者学院续讲《清词系列之二——阳羡词派陈维崧等人及纳兰性德》（共六讲）。

8月16日，参加南开大学历史学院"中唐以来思想文化与社会演进"国际学术研讨会。

9月，因左锁骨骨折入住天津医院。

10月19日，应邀至天津农学院发表演讲《一位古生物学家词中的生命反思》。

11月4日，在中国国家图书馆讲《从不成家数的妇女哀歌到李清照词的出现》。11月6日，应冯其庸教授之邀在中国人民大学国学院做《小词中的儒家修养》的演讲。

12月19日，在南开大学讲《爱情与道德的矛盾和超越——论词学发展的过程》。12月30日，在天津政协礼堂讲《中国古典诗歌的吟诵传统》。

2007年

2月3日、4日、10日、11日，中国教育电视台先后播出叶嘉莹教授系列讲座：《词的美感特质》《词例的评赏》《诗的美感特质》《诗例的评赏》。2月10日，应中国国家图书馆部级领导干部历史文化讲座之邀，发表演讲《谈婉约词的欣赏》。

3月7日，出席中华书局在南开大学文学院章阁厅举办的叶嘉莹《迦陵诗词稿》新书发布暨座谈会。

7月1日至8月11日，在温哥华岭南长者学院续讲《清词系列之三——浙西词派朱彝尊等人》（共六讲）。

9月29日，应中央电视台之邀，在广东佛山讲《小词中的儒家修养》。

10月初，受邀访台。10月2日，在台湾大学讲《神龙见首不见尾——谈〈史记·伯夷列传〉之章法与词之美感特质》《陈曾寿词中的遗民心态》；10月4日，在洪建全教育文化基金会讲旧体诗词；10月6日，在长庚大学讲《镜中人影——〈迦陵诗词稿〉中的我（一）》；10月9日，在台湾大学讲《陈曾寿词中的遗民心态》；10月11日，在台湾清华大学讲《镜中人影——〈迦陵诗词稿〉中的我（二）》。10月18日，在南开大学讲《爱情为什么变成了历史——谈清代词史观念的形成与清代的史词》。

11月25日，香港凤凰卫视《名人面对面》栏目播出叶嘉莹访谈。

12月，应澳门中华诗词学会邀请，赴澳门参加爱国侨领梁披云先生百岁寿典。

2008年

5月3日，赴渥太华参加长外孙女婚礼，顺道在美国东部讲学；5月6日，在美国华盛顿华府侨教中心举办讲座，讲题为《从双重性别与双重语境谈晚唐五代词的美感特质》；5月10日，应美国哈佛大学之邀讲《现代文论与传统词学》。5月24日，丈夫赵钟荪病逝于温哥华。

6月21日至7月26日，在温哥华岭南长者学院续讲《清词系列之四——常州词派张惠言等》（共六讲）。

9月17日，应天津师范大学文学院之邀讲《古典诗词的吟诵传统》。

10月24日，参加南京大学举办的清词学术研讨会，发表演讲《清代词人对词之美感特质之反思》。10月25日，应东南大学第四届"华英文化系列讲座——大师系列"之邀，发表演讲《王国维〈人间词话〉问世百年的词学反思》。

11月5日至28日，南开名家论坛举办叶嘉莹先生回国讲学三十周年系列讲座，讲《王国维〈人间词话〉问世百年的词学反思》（共四讲）。

12月12日，在南开中学讲《〈迦陵诗词稿〉中的荷花》。12月20日，被中华诗词学会授予"中华诗词终身成就奖"。

2009年

2月21日，在台湾洪建全教育文化基金会敏隆人文纪念讲座讲《王国维〈人间词话〉问世百年的词学反思（上）》。2月23日，在台湾"中央研究院"讲《王国维〈人间词话〉问世百年的词学反思（下）》。

6月20日、21日，参加温哥华中学教师会议，发表演讲《稼轩词》。

7月4日至8月15日，在温哥华岭南长者学院举办"王国维《人间词话》问世百年"系列讲座（共七讲）。

9月6日，应台湾大块文化公司之邀，在北京大学英杰中心阳光大厅讲《如何解读迷人的诗谜——李商隐诗》。9月22日至25日，应邀赴杭州参加浙江卫视拍摄西湖的节目。

10月12日，应中央电视台之邀，参加"中华诵"经典诵读大型诗歌朗诵会，现场吟诵古典诗词。10月13日至16日，应邀参加由教育部、首都师范大学联合主办的"中华吟诵周"活动。10月17日，在南开大学发表演讲《我与南开三十年》，作为南开大学建校九十周年系列庆祝活动之一。10月24日，在天津广播电视大学讲《谈〈苦水作剧〉在中国戏曲史上空前绝后的成就》。

11月6日至8日，在京参加顾随百年诞辰纪念会，发表演讲《谈〈苦水作剧〉在中国戏曲史上空前绝后的成就》。11月12日，应南开大学跨文化发展研究院之邀，为即将出国教汉语的老师上中华诗词文化培训课，讲授《中华诗词之特美》系列讲座第一讲。

12月11日，应中山大学邀请，讲《从一些实例看诗词接受和传达的信息》。12月17日，应台湾"中央大学"余纪忠讲座之邀，发表演讲《百炼钢中绕指柔——辛弃疾词的欣赏》。12月18日，受邀参加台湾"中央大学"举办的"钱锺书教授百岁纪念"国际学术研讨会，发表演讲《从中国诗论之传统及诗风之转变谈〈槐聚诗存〉的评赏》。

2010年

1月8日，应汉德唐书院中西文化博学班邀请，发表演讲《从性别文化谈小词中画眉簪花照镜之传统》。1月15日，应国家汉办全球孔子学院院长培训班邀请，讲授《中华诗词之特美》系列讲座第二讲。1月30日，北京大学清华大学天津校友会邀讲《南唐冯李词对花间温韦词的拓展》（"中华诗词之特美"系列讲座第三讲）。

7月3日至8月7日，在温哥华岭南长者学院举办系列讲座《北宋名家词选讲之一——晏殊、欧阳修、晏几道、秦观》（共六讲）。

9月22日，应邀出席"中国因你更美丽"——2010《泊客中国》颁奖盛典，并为美国当代作家、翻译家和著名汉学家比尔·波特颁奖。

10月9日，应天津军事交通学院邀约，举办讲座《从西方意识批评文论谈辛弃疾词一本万殊的成就》。10月16日，参加在扬州举办的首届儿童母语论坛"小学母语教育与中华传统文化"，发表演讲《中国古典诗歌的欣赏》。10月18日，参加南开大学文学院主办的中国唐代文学学会第十五届年会暨唐代文学国际学术研讨会闭幕式。

12月1日凌晨，温哥华家中失窃，丢失物品中包括台静农先生书写的一副联语"室迩人遐，杨柳多情偏怨别；雨余春暮，海棠憔悴不成娇"、缪钺先生书写的一首《相逢行》七言长古，以及范曾先生的三幅书画作品：《维摩演教图坐相》《高士图》与《水龙吟》词书法。年底，作为首席专家中标2010年国家社会科学基金重大项目"中华吟诵的抢救、整理与研究"。

2011年

1月10日，在南开大学讲《谈中国旧诗之美感特质与吟诵之传统》。

2月18日，在南开大学讲《我对中华传统诗词感发生命的理解》。

3月22日、24日、26日，应台湾大块文化出版公司之邀，在南开大学举办《中华诗词的吟诵传统与美感特质》系列讲座（共三讲）。

5月14日，应加拿大华裔作家协会邀讲《评介晚清名词人陈曾寿》，并在温哥华举办系列讲座《弱德之美——晚清世变中的诗词》（共六讲）。

9月28日，应东北财经大学之邀，发表演讲《从几首诗例谈中国诗歌之美感特质与吟诵之关系》。

10月18日，应南开大学"初识南开"讲座之邀，发表演讲《从几首诗词谈我回国教学的动机与愿望》。10月24日，应邀出席陈省身先生诞辰一百周年纪念会，并做题为《从陈省身先生手书的一首诗谈起》的发言。

11月9日，应人民日报《文史参考》杂志社之邀，在清华大学发表演讲《我心中的诗词家国》。11月13日，在首都师范大学参加第二届"中华吟诵周"相关活动，主讲吟诵的重要性。

12月29日，以最高票数当选由南开大学研究生院主办的第四届南开大学研究生"良师益友"。

2012年

2月1日，应邀出席由国务院参事室、中央文史研究馆主办的"中华诗词吟唱会"。2月27日、29日，3月1日、3日，在南开大学录制中国大学视频公开课《小词中的修养境界》（共四讲）。

3月7日，在南开大学汉语言文化学院讲《论古典诗歌的美感与吟诵》。3月17日，在中国国家图书馆部级领导干部历史文化讲座中发表演讲《中国古典诗歌的美感特质与吟诵》。

6月15日，被聘为中央文史研究馆馆员。

6月至7月，应加拿大华裔作家协会之邀讲《中国古典诗词的美感特质》（共四讲）。

8月17日，在温哥华地区列治文图书馆发表演讲《从双重性别与双重语境谈晚唐五代词的欣赏》。

9月28日，应邀出席由横山书院与中国艺术研究院联合主办的"多闻多思"系列学术公益讲座，发表演讲《我与莲花及佛法之因缘》。9月29日晚，出席横山书院举办的月印横山雅集。

10月25日，在南开大学"初识南开"讲座上主讲《〈迦陵诗词稿〉中的家国沧桑》。10月28日，应中国国家图书馆部级领导干部历史文化讲座之邀讲《小词中的修养境界》。10月29日，应中国传媒大学之邀讲《古典诗词诵读中的"家国情怀"》。

2013年

2月19日、20日、21日，应中华吟诵学会与亲近母语文化教育有限公司联合邀请，在南开大学爱大会馆会议厅举办"古典诗词的吟诵与教学"系列讲座。

3月8日，在南开大学讲《西方文论与中国词学》。3月，作《金缕曲》为恭王府海棠雅集首唱。5月19日，在加拿大温哥华出席2013年全加华文教育会议并发表演讲《南唐君臣词之承前启后的影响》。

7月6日，出席由中华书局发起，光明日报社、中央电视台、中华诗词学会、中华诗词研究院、中国移动共同举办的"中国诗·中国梦"——首届"诗词中国"传统诗词创作大赛颁奖典礼，为大赛获奖者颁奖。7月8日，应湛如法师之邀至法源寺相聚，当日为叶先生农历生日。7月13日，出席由横山书院与中国艺术研究院联合主办的"2013文化中国夏季讲坛"讲座。7月27日、8月10日、8月17日、8月24日，受加拿大华裔作家协会之邀，在加拿大西蒙菲莎大学举办"李商隐诗"系列讲座（共四讲）。

10月31日，在南开大学主楼小礼堂讲《从西方文论与中国传统诗学谈李商隐诗的诠释与接受》。

11月25日至12月8日，赴台参加台湾趋势教育基金会等主办的"向大师致敬——2013叶嘉莹"系列活动，包括"庆祝叶嘉莹教授九十华诞生平资料展"，演讲《从几首诗例谈杜甫继古开今多方面之成就》。

12月16日，在"叶氏驼庵奖学金"颁奖典礼上讲《读书曾值乱离年》。12月20日，出席中央电视台"中华之光——传播中华文化年度人物评选"颁奖典礼，荣获"传播中华文化年度人物"奖。12月21日，应邀出席由中国民生银行主办的第八届快哉雅集。12月22日，在人民教育电子音像出版社录制《叶嘉莹——诗的故事》。

2014年

3月22日，应邀出席横山书院与中国艺术研究院联合主办的"2014文化中国春季讲坛"，发表演讲《九十回眸——论〈迦陵诗词稿〉中之心路历程》。

4月17日，在中国外文局演讲《九十回眸》。

5月9日至12日，南开大学与中央文史研究馆联合举办叶嘉莹教授九十华诞暨中华诗教国际学术研讨会，"叶嘉莹教授手稿、著作暨生平影像展"。

7月16日，参加加拿大不列颠哥伦比亚大学亚洲图书馆举办的"叶嘉莹教授手稿、著作暨生平影像展"。

9月29日，荣获由凤凰网、凤凰卫视、岳麓书院主办的"致敬国学——2014首届全球华人国学大典"国学传播奖。

11月22日，文化部恭王府管理中心将两株西府海棠移植南开大学迦陵学舍。

12月6日，应邀出席由中国民生银行主办的第九届快哉雅集。12月7日，应北京民生中国书法公益基金会邀请，在快哉雅集现场为北京市海淀区、西城区师生及家长代表讲《诗的故事》。12月14日，在南开大学为全国国税局国学培训班讲《词意抉隐——谈苏辛词各一首》。12月20日，出席横山书院举办的"学在横山·诗中忘年"雅集。

2015年

1月6日，荣获由中华文化促进会、香港凤凰卫视主办评选的"2014中华文化人物"荣誉称号。1月11日，应邀至南开大学商学院演讲《从漂泊到归来》。

2月11日，在人民教育电子音像出版社录制《叶嘉莹谈吟诵》。2月12日，录制北京民生中国书法公益基金会系列公益项目"中华诗词人物系列《与诗书在一起》专题演讲之冯延巳"。3月15日，出席由横山书院和中国艺术研究院联合主办的"2015文化中国春季讲坛"，发表演讲《我诗中的梦与梦中的诗》。

3月19日，录制北京民生中国书法公益基金会系列公益项目"中华诗词人物系列《与诗书在一起》专题演讲之韦庄"。

4月13日，应邀出席文化部恭王府管理中心举办的第五届海棠雅集，并现场读诵六十七年前刊发在《中央日报》的宗志黄的两套散曲。一套以《正宫·端正好》一支曲子为开端，发表于1948年6月21日，写的是当时的国民政府官员于胜利后，把"接收"变成"劫收"，上下贪腐，不到三年就面临败亡的结果；另一套以《南吕·一枝花》一支曲子为开端，发表于1948年7月15日，写的是在抗战后期，百姓在战乱中逃亡，经受颠沛流离之苦。4月13日，录制北京民生中国书法公益基金会系列公益项目"中华诗词人物系列《与诗书在一起》专题演讲之李煜"。4月26日，应邀参加由天津市文化广播影视局、天津市新闻出版局、光明日报社联合主办，由天津图书馆及天泽书店承办的"海津讲坛"公益讲座，在天津图书馆文化中心新馆报告厅演讲《从漂泊到归来》。

5月2日、9日，凤凰卫视《文化大观园》栏目连续两期播出《对话诗词大家叶嘉莹》。

6月3日，录制北京民生中国书法公益基金会系列公益项目"中华诗词人物系列《与诗书在一起》专题演讲之温庭筠"。6月16日，国务院相关领导人亲笔给叶先生等人就中华传统吟诵的联名信书写长达一页的批示，充分肯定了叶先生多年来在延续诗教传统、弘扬民族文化优秀元素方面做出的突出贡献。

8月20日，当选为中华诗词学会名誉会长。

10月10日，出席由横山书院和中国艺术研究院联合主办的"2015文化中国秋季讲坛"，发表演讲《从词的起源看丝路上的文化交流》。10月17日、18日，南开大学与中央文史研究馆联合主办"叶嘉莹教授从教七十周年"系列活动，其中包括三个主要活动：①10月17日，在南开大学举行迦陵学舍启用仪式。学舍功能集教学、科研、办公、生活于一体，其修建曾得到加拿大华侨刘和人女士、澳门实业家沈秉和先生各一百万元人民币资助，以及南开大学的大力支持。学舍修建的消息传出后得到社会有关人士多方支持。②10月18日上午，在南开大学东方艺术大楼举行加拿大阿尔伯塔大学授予叶嘉莹教授荣誉博士学位仪式，加拿大驻华大使赵朴（Guy Saint-Jacques）先生全程出席。③10月18日下午，举行"叶嘉莹古典诗词教育思想"座谈会。

11月1日，应邀出席国务院参事室、中央文史研究馆在中国美术馆举办的"文史翰墨——第二届中华诗书画展"开幕式，并现场做吟诵示范。2日，应邀在北京会议中心面向全国各地文史馆馆员代表发表演讲《从词的起源看丝路上的文化交流》。

2016年

3月25日，获得由凤凰卫视等共同评选的"影响世界华人大奖"终身成就奖。

4月6日，应邀在天津大剧院演讲《要见天孙织锦成——我来南开大学任教的前后因缘》。

8月6日，出席由横山书院和中国艺术研究院联合主办的"2016文化中国秋季讲坛"，发表演讲《中印文化交流对中国诗词的影响》。8月27日，在中国词学学会主办、河北大学承办的2016词学国际学术研讨会上获颁首届"中华词学研究终身成就奖"。

2016年，叶嘉莹教授将出售北京、天津房产的收入一千八百五十七万元全部捐赠给南开大学设立"迦陵基金"，志在推动古典诗词教育，助力中华优秀传统文化传承。

2017年

3月18日，出席"2017文化中国春季讲坛"，发表《西方文论与中国词学》的主题演讲。3月20日，应邀参加中央电视台《朗读者》节目录制。

4月8日，台湾洪建全教育文化基金会率团来迦陵学舍参观交流。4月9日，在南开大学东方艺术大楼演播厅举办主题演讲《〈迦陵诗词稿〉中的心路历程》。4月15日，文化部恭王府管理中心在迦陵学舍举办海棠雅集。

7月20日，教育部语言文字应用管理司中国语文现代化学会在南开大学综合实验楼报告厅举办"普通话吟诵研究与传承"学术研讨会，做《谈中国诗歌之吟诵》主题演讲及吟诵示范。

11月11日，出席"2017文化中国秋季讲坛"，发表《〈迦陵诗词稿〉中非言志的隐意识之作》主题演讲。11月13日，随文学纪录电影《掬水月在手》拍摄团队在北京恭王府博物馆拍摄、接受访谈。11月14日，随文学纪录电影《掬水月在手》拍摄团队在北京故宫拍摄、接受访谈。

12月12日，在天津中医药大学演讲《以我自己的作品为例——谈诗歌中隐意识与显意识之呈现》。12月21日，出席南开大学举办的"叶氏驼庵奖学金"颁奖典礼并演讲《"心中一焰"——我对后学者的期望》。

2018年

1月15日，为配合文学纪录电影《掬水月在手》的拍摄，拟前往迦陵学舍与台湾学生视频见面，不慎在家中摔倒。

2月16日，大年初一，中央电视台科教频道播出叶先生采访。

4月3日，为中共中央纪律检查委员会网站录制讲授孟郊诗。4月17日，入选"改革开放四十周年最具影响力的外国专家"。4月22日，出席由恭王府在南开大学迦陵学舍举办的第八届海棠雅集活动，并当场吟诗。

6月24日，参加南开大学荷花节并在迦陵学舍接受媒体采访。

7月13日，由台湾著名作家、昆曲制作人白先勇担任总制作人、总策划的昆曲剧目——校园传承版《牡丹亭》在南开大学演出，为叶先生祝寿。7月15日，中央电视台新闻频道《面对面》栏目播放叶嘉莹先生专访《诗词慰平生》。

9月10日，荣获2018年度中央电视台评选的"最美教师"称号。9月22日，温家宝同志到南开大学迦陵学舍看望叶嘉莹先生，与叶嘉莹先生亲切会谈。

11月1日，中央电视台《国家记忆》栏目播出《传薪者——诗词留香叶嘉莹》专题片。

12月6日晚，作为捐赠人应邀出席2018年南开大学社会捐赠感恩答谢会，会上播放《掬水月在手》片花。12月17日，出席第二十二届"叶氏驼庵奖学金"、第十四届"蔡章阁奖助学金"颁奖典礼。12月，入选"感动中国2018年度候选人物"。

2019年

1月4日，入选中国新闻社主办的"乔鑫杯·2018全球华侨华人年度人物"。1月29日，再次向南开大学"迦陵基金"捐款人民币一千七百一十一万元。

3月31日，由北京民生中国书法公益基金会设立的"中华传统文化民生奖学金"在京举行启动仪式，其中包括"叶嘉莹民生奖学金"。

4月13日，由恭王府主办、中华古典文化研究所协办的第九届海棠雅集活动在迦陵学舍举办。

8月18日，获聘为南开大学终身校董。8月22日，首届中华经典诵写讲大赛之"迦陵杯·诗教中国"诗词讲解大赛全国总决赛在南开大学开赛，与参赛选手见面交流。

9月10日，"叶嘉莹教授归国执教四十周年暨中华诗教国际学术研讨会"在南开大学举办；荣获"南开大学教育教学终身成就奖"；高等教育出版社研发的数字产品《聆听叶嘉莹》正式上线。9月30日，荣获"中国政府友谊奖"。

10月27日，温哥华国韵合唱团、南开大学学生合唱团、南开大学教师合唱团、天津校友会校友合唱团，共同献礼叶嘉莹教授归国执教四十周年暨纪念《黄河大合唱》首演八十周年，在南开大学田家炳音乐厅举办合唱音乐会。

11月25日，首届"中华传统文化民生奖学金·叶嘉莹民生奖学金"在北京公布获奖名单。

12月31日，在西南村家中会见第二十三届"叶氏驼庵奖学金"、第十五届"蔡章阁奖助学金"获奖学生代表。12月31日，范曾先生向叶先生赠送画作，此作是范曾先生根据叶先生词作《浣溪沙》（"无限清晖景最妍。流光如水复如烟。一轮明月自高悬。　　已惯阴晴圆缺事，更堪万古碧霄寒。人天谁与共婵娟。"）而创作。范曾先生将叶先生词作抄录于画作上，并依原韵和词一首："记得村居碧草妍。追陪高论沐霞烟。能忘树顶月孤悬。　　世上暌违缘俗谛，老来心事伴秋寒。千程何碍忆婵娟。"

2020年

1月3日，天津市科学技术局党委委员、副局长，天津市外国专家局局长袁鹰一行看望叶先生，并呈送"2019年度中国政府友谊奖"证书。

4月13日，教育部办公厅发布关于举办第二届中华经典诵写讲大赛的通知，"迦陵杯·诗教中国"诗词讲解大赛是其中的四个赛项之一。

7月18日，文学纪录电影《掬水月在手》入围2020年第二十三届上海国际电影节金爵奖官方入选影片纪录片单元。

8月29日，文学纪录电影《掬水月在手》在北京国际电影节放映。

9月10日，文学纪录电影《掬水月在手》教师节特别展映暨"央视新闻公开课"致敬"弱德之美"活动在南开大学举办，叶嘉莹先生出席，讲授"开学第一课"，并通过央视新闻客户端、学习强国等直播。9月11日，"远天凝伫，弱德之美"叶嘉莹文学纪录电影《掬水月在手》学术研讨会在南开大学迦陵学舍举行。

10月16日，文学纪录电影《掬水月在手》全国艺联专线上映。

11月28日，文学纪录电影《掬水月在手》荣获第三十三届中国电影金鸡奖最佳纪录/科教片奖。由教育部、国家语言文字工作委员会主办，南开大学、高等教育出版社承办的第二届中华经典诵写讲大赛之"迦陵杯·诗教中国"诗词讲解大赛全国总决赛在线上举办。

12月21日，第二十四届"叶氏驼庵奖学金"、第十六届"蔡章阁奖助学金"因疫情原因在网上公布获奖名单。12月23日，北京民生中国书法公益基金会第二届"叶嘉莹民生奖学金"获奖名单在网上公布。

2021年

2月17日，叶嘉莹先生获评"感动中国2020年度人物"。

3月23日，教育部办公厅发布关于举办第三届中华经典诵写讲大赛的通知，"迦陵杯·诗教中国"诗词讲解大赛是其中的四个赛项之一。

7月7日，国际儒学联合会会长刘延东一行在南开大学党委书记杨庆山陪同下，看望了叶嘉莹先生。之后国际儒联与南开大学签署战略合作框架协议，共建迦陵书院，扩大中华诗词与文化的传播面和影响力。

10月18日，叶嘉莹先生获得"第六届世界中国学贡献奖"。10月18日至19日，第三届中华经典诵写讲大赛之"迦陵杯·诗教中国"诗词讲解大赛全国总决赛在浙江诸暨海亮教育园举办，叶嘉莹先生录制了视频向参赛选手表示问候。在10月19日第三届"迦陵杯·诗教中国"诗词讲解大赛全国总决赛的总结仪式上，"诗教润乡土"活动正式启动。该活动受教育部语言文字应用管理司指导，旨在积极推动以优秀诗词文化和卓越诗词教育服务乡村振兴、助力共同富裕、促进民族团结。

11月5日，中央电视台《鲁健访谈》栏目播出《对话叶嘉莹》专题片。

2022年

1月2日，中央电视台综艺频道《读书　我的2021》特别节目播出叶先生访谈，叶先生推荐书目《论语》。1月28日，在中国传统节日春节即将到来之际，叶先生以视频形式向海内外故交挚友致意，送上新春祝福。

2月1日，《为有荷花唤我来——叶嘉莹在南开》由中国大百科全书出版社出版。这是南开大学中文系1982级校友倡议并组稿，由南开大学校友会和南开大学文学院共同出资出版的唯一一部记述叶嘉莹先生执教南开、作育人才的著作。

6月3日，中央电视台《鲁健访谈》栏目播出《对话叶嘉莹》专题片。本月，抖音、字节跳动公益基金会联合南开大学文学院、中华书局，推出短视频版《唐诗三百首》，邀请叶嘉莹等二十三位名师解读唐诗经典。

10月19日，第二十五届"叶氏驼庵奖学金"、第十七届"蔡章阁奖助学金"评选活动启动。

11月29日，由教育部、国家语言文字工作委员会主办，南开大学、高等教育出版社承办，慈溪市慈吉教育集团协办的第四届中华经典诵写讲大赛之"迦陵杯·诗教中国"诗词讲解大赛全国总决赛在线上举办，叶嘉莹先生录制了视频向参赛选手表示问候。

12月28日，叶先生到天津医科大学总医院住院治疗。12月29日，著名中医专家张伯礼院士亲往天津医科大学总医院探望，与院方专家共同研究叶先生的治疗方案。

2023年

1月9日，叶先生康复出院。

2月3日，叶先生再次到天津医科大学总医院住院治疗。

4月10日，由文化和旅游部恭王府博物馆、中华诗词学会、南开大学文学院共同主办的第十二届（癸卯）"海棠雅集"成功举办。会上，中华诗词学会周文彰会长向叶嘉莹先生颁发"百岁诗星"荣誉证书（由南开大学文学院转呈），不少诗家还现场以诗词庆贺叶嘉莹先生百岁华诞。4月22日，由教育部语用司指导，国家语言文字推广基地（南开大学）、中华经典诵写讲大赛执委会（语文出版社）联合浙江省教育厅、金华市人民政府主办的"典耀中华"阅读大会暨第五届中华经典诵写讲大赛启动仪式在浙江金华举办，"迦陵杯·诗教中国"诗词讲解大赛是其中的四个赛项之一。

8月22日，由教育部、国家语言文字工作委员会主办，南开大学、高等教育出版社、金华市人民政府承办，金华市教育局、浙江人文经济研究院、迦陵书院协办，金华市外国语实验学校执行承办的第五届中华经典诵写讲大赛"迦陵杯·诗教中国"诗词讲解大赛全国总决赛在浙江金华拉开战幕。来自全国二十九个省区市的二百七十名选手，分为大学教师、中学教师、小学教师、大学生、留学生五个组别，围绕经典诗词讲解、古典诗词当代传承等主题，切磋比拼诗词传讲艺术、学识见解和教育技能。总决赛开幕式上，还举行了"诗教润乡土"推进活动，邀约浙江省桐庐县文联、四川省大邑县教育局、广州行人文化传播有限公司、海亮教育管理集团等九家单位作为示范单位，拓展"诗教润乡土"活动的广度、深度，丰富并创新活动开展的方式方法。

9月10日，《为有荷花唤我来——叶嘉莹在南开》出版暨贺叶嘉莹先生百岁寿诞座谈会在南开大学举行。当日，抖音联合南开大学文学院上线"荷畔诗歌节"系列节目，邀请文化嘉宾相聚兰溪八卦村荷花池畔，围绕中国古典诗词与现代生活、语文教育、AI写作、当代传播等话题的碰撞展开讨论，分享传统文化的多样魅力，与网友共读古诗词。此次诗歌节以"荷畔"冠名，是对叶嘉莹先生诗教精神的致敬，也是希望把古诗词的"荷香"传递给更多人。9月20日，《唐诗三百首（名师抖音共读版）》新书发布会在北京举办。该书由中华书局编辑出版，根据短视频版《唐诗三百首》讲稿整理而成，集结了叶嘉莹等二十三位名家学者的讲授。此版本既展现了权威底本和名师解析的专业性，也保留了短视频原稿的互动性等特点。

10月15日，"中华诗教国际学术研讨会"在南开大学开幕。来自世界各地的近二百位学者，共话中华诗歌的传承与弘扬，以学术研讨交流的方式向叶嘉莹先生百岁华诞致敬。本次会议由南开大学、中央文史研究馆、国际儒学联合会联合主办，高等教育出版社、天津市教育发展基金会协办。

11月26日晚，音舞诗剧《诗教绵绵——为有荷花唤我来》在南开大学八里台校区田家炳音乐厅成功首演。当晚，第二十六届"叶氏驼庵奖学金"暨第十八届"蔡章阁奖助学金"颁奖仪式隆重举行。

12月6日，南开大学文学院与浙江人文经济研究院联合发起"诗不远人话迦陵"短视频抖音寄语活动，以叶嘉莹先生百岁华诞系列活动为契机，邀请关心热爱古典诗词的各界友人，一起线上读诗讲诗，弘扬中华诗教。

2024年

2月4日，南开大学党委书记杨庆山到天津医科大学总医院看望叶先生。2月23日，中央文史研究馆文史业务司耿识博代表中央文史研究馆前往总医院看望叶先生。2月22日至27日，为向叶先生百岁华诞致敬，中央电视台科教频道《百家讲坛》播出《诗词大先生》，该节目分为《未应磨染是初心》《文明新旧能相益》《心理东西本自同》《只是征行自有诗》《高节人相重》《诗教绵绵传嗣响》（共六讲）。

7月2日至5日，中央广播电视总台《读书》栏目播出《诗词与我：叶嘉莹先生百岁华诞读书会》系列节目（共四集）。

7月6日，南开大学与抖音、央视频联合在迦陵学舍举行"诗话人生"主题直播活动，天津天塔点亮，共同庆祝百岁农历生日。南开大学与"学习强国"学习平台、浙江人文经济研究院共同发起的"'迦陵杯'中华诗教大会"古典诗词讲解短视频征集活动正式启动。

9月11日，中央广播电视总台《国家记忆》节目播出《教育家精神》第六集，重点介绍了叶嘉莹先生的事迹。

（本年表由张静、可延涛编，经叶嘉莹先生本人审阅校订。）